花は咲けども噺せども

神様がくれた高座

立川談慶

PHP
文芸文庫

○本表紙デザイン+ロゴ=川上成夫

目次

第一話

小児科病棟の弟子

（やはり、今日も誰も聴いてくれなかった）。心の中でつぶやく。

語り終えると、どっと汗が噴き出すのを錦之助は感じた。

こたつ板の上に置かれた座布団だけの高座が、戦場だった。

「突撃どこでも落語！　山水亭錦之助が行く」と染め抜かれた幟は、折からの風を食らって高座の脇でバタバタと大袈裟にはためいていた。

芦ノ湖から吹き上げてくるしつこい風は四月とはいえ、まだまだ寒い。箱根連山から吹き下ろすせいか、いや水源のほとんどが湖底からの湧き水というせいか、風が上から降りてきて下から熱を奪われるダブル冷却のせいだろう。羽織を着ているとはいえ薄手の化繊の着物では寒さは堪えた。防寒のために背中に貼った使い捨てカイロもまったく役に立たないほどだった。

（二つ目になって羽織が着られると思っていたら、こんな寒いところだとはな）

羽織は、見習い、前座というランクを終えた二つ目という身分から着られるというのが落語界のしきたりなのだ。

寒風以上に冷ややかな観客の反応に、消え入りたくなる。

「毎月十三日が月例祭の九頭龍神社は、大勢の若い女性客が来るパワースポットだよ。しかもちょうど土曜日の朝、放送時間とドンピシャ。笑ってもらうことでさらに運気上昇！　絶対聴いてもらえるって。見えてきたよ、ＦＭ神奈川の超人気番組『昼間はパラダイス！』、通称『昼パラ』の公開放送日、恐怖の青空生落語が日本を制する姿が！」

基本お調子者の一本独鈷でやってきたに違いないディレクターの水沼からのＬＩＮＥだったが、やはりダメだった。目的が違うのだ。まして落語は室内でやる芸だ。

「ちょっと待ってくださいよ……良縁を探している女性たちが、『彼氏ができますように』って願いにくるところですよ、あそこ。落語なんか聴いてくれませんって」

「……まあ、まあ、任せてよ。悪いようにはしないから」

不安になり水沼にLINE電話したのだが、相変わらずかみ合わなかった。

蓋を開けてみたら、やはり錦之助の思った通りだった。

「なにやってるの？」「こんな朝早くから」「落語、やらされているー」「わー、かわいそう」

若い女性たちは声にこそ出さないが、遊覧船の順番を崩したくないのもあって、その場から動かず遠巻きに白々と錦之助を眺めるだけだった。

落語をここでやる前は錦之助は、実際いくつものお守りをバッグにたくさんくっつけたり、風水パワーストーンと思しきブレスレットを両手に着けたような女性たちを遠目で見るにつけ、「あららら。必死だな」などと、思っていた。

が、そんなふうに見ていた人たちから受けた目線は冷淡そのものだ。

「やはり人は、どんな人でも冷やかし気味に見たらいけない」

九頭龍様のバチが当たったのかと、非常に後悔した。

まばらな拍手は突風がかき消していた。

（花は咲けども、か）

口では「寿限無」を語りながらも、頭の片隅でリフレインするのが、落語家になって初めて覚えた「道灌」というネタの一節だった。

「道灌」は、プロの落語家が初めて取り組むネタの一つだ。

——若かりしころの太田道灌が、狩りの途中に雨に遭遇し、雨具を借りようと貧しい家に入ったところ、若い娘が「お恥ずかしゅう」と言って山吹の枝を盆の上に乗せて差し出した。その真意がわからず帰宅すると、家来が、これは兼明親王の古歌「七重八重 花は咲けども 山吹の 実の一つだに なきぞ悲しき」で、「実の」と「蓑」とをかけて「雨具一つすらお貸しすることができません」という断りの意味だと解く——。

「花は咲いて、晴れて前座を卒業し、落語家の一員としては認められたとは言いつつも、まだ真打ちのような実にまでは成長していない——花は咲けども、噺せども」

それが二つ目というポジションなのかもしれない。

尊敬し夢にまで見るほど恋焦がれた落語家は、CDで聴いた立川談志だった。

しかし、談志の弟子になりたいと思った時点で、談志はこの世を去っていたのだ。ならば談志に考え方も落語も似ている人を師匠に選ぼうと、結果として談志イズムを継承する落語家を、と選んだのが、たまたま生で初めて聴いた、いまの師匠の山水亭錦生だった――。

錦之助は、この「道灌」の中で取り上げられている和歌に自らの状況を重ねつつ、己を省みる。

（おっと、いまは『寿限無』の途中だった。『道灌』に思いを馳せている場合じゃないな。それにしても今日の『寿限無』、結構工夫してきたのになあ）

意識を目の前に切り替え、「寿限無」に没頭する。

落語初心者女子を想定してのウケを狙ってかけたはずのこのネタがまったくウケない。時事ネタをかなり放り込んだのに。いや、ウケないどころか、遠巻きにこちらを見つめる小学生の男の子以外、誰も聴いてくれていないのだ。

（……もうやめよう）

と途中で何度も思ったのだが、ラジオは生放送で、少ないかもしれないが、聴いているリスナーは確実に存在している。そんな人たちにとっては、むしろ「誰も聴いてない屋外でもがいている売れない落語家の奮闘」こそ面白いドキュメンタリーなのだろう。いつでも、最終消費者は残酷なものなのだ。

　土曜日にぶちあたった十三日は、都心からも何台も観光バスが到着している。バスガイドが「開運箱根ツアー」という旗を振りながら錦之助の即席高座の前を横切る。

　おまけに「トイレは、入り口の右側です！　いまのうちに済ませておいてください」などと、落語がそこで行われていることなどお構いなしに言い放つ。

　ここでも意識が飛びそうになるのを抑えて、落語を続ける。

　そのたびに、「生まれてくる子のミルク代！」とつぶやいては、言葉を頭の中で手繰り寄せる。「仕事があるだけ幸せさ」

　前任の人気ベテランDJが児童ポルノで捕まったおかげで空いた枠をなんとか埋めなければならなくなり、急遽、前座のころからの付き合いのある水沼から白羽の矢が立てられたのが二か月前だった。

「錦ちゃん、空いてるかな、仕事なんだけど」

空いているに決まっていた。

「はい喜んで！」

しかもラジオでのレギュラーの仕事。ローカル局とはいえ定収入は何物にも代えがたい魅力だった。

「文子、レギュラーだぞ！」

電話を切り、叫んだ。

大きくなった文子のお腹に赤ちゃん言葉で語りかける。

「ボク、きいてまちゅか、パパ、れぎゅらーのおしごとはいりまちたよー」

「もう、女の子かもしれないわよ」と文子もまんざらでもなさそうに笑う。

そんな二人を長男の駿がきょとんと不思議そうに見つめる。

「駿、じゃあ今日はパパの仕事が決まったお祝いに、ケーキ買いに行こう」

「おお、けーき！」

「おお、二歳でケーキって言えたぜー」

落語家になって初めてのレギュラー。これをきっかけにローカルエリアで人気が高まり、全国区へと、錦之助は青写真を描いた。

が、甘美（かんび）な思いはここまでだった。

あとから、局のベテランアナウンサーがその時間にスライドしてくると、無名落語家の、番組ブースでの居場所は一瞬にして消失し、辛（かろ）うじて、「突撃どこでも落語！」という外回りの仕事だけが残り、番組のワンコーナーへと追いやられてしまった。

「生まれてくる子のミルク代！」

屋外生落語の中継の時には、錦之助はいつもつぶやいた。

気がつくと小雪が舞い始めていた。背中の使い捨てカイロはすでに冷たくなっていて、それどころか逆に周囲の冷気を集中させるアイシング装置と化している感じがした。

「昨日買ったの、メーカー品じゃなかったのかな。安かったもんな」。新大久保（しんおおくぼ）の安売りのドラッグストアで十個百八十円で買った使い捨てカイロを後悔した。

「……あんまり名前が長いんで、学校が夏休みになっちゃった」

自棄気味（やけぎみ）になってのオチだった。そそくさと頭を下げて、「いやあ、ほんと箱根の芦ノ湖、今日は最高です！　みなさん、よい週末を！」

周囲にはもう誰もいない。頼みの綱であるはずの現場を仕切る水沼すらいない。恐らく寒いからトイレにでも行っているのだろう。

（……冗談じゃねえ、なにが最高だよ。落語がかわいそうだよ、こんなところでやらされて）

怒りというよりは、ここ最近は毎回がっかり感しかない。悔しいから売れてやるしかないと毎度の思いを胸に秘めて即席高座から降りると、一人だけ拍手をしている人がいる。

三つ揃いの背広姿の、一円切手の前島密似のご年配だった。ステッキを使っているとはいえ、実にかくしゃくとしたたたずまいだ。八十代後半だろう。

「……いやあ、よかったよ」

錦之助は嬉しくなって近づいた。

師匠の錦生は「来なかったやつが悔しがるような落語をやればいい」とよく言っていた。

（一人でも聴いてくれたのならいいや、一人でも）

錦之助は胸が熱くなった。いつの間にか寒さは忘れていた。

「いやあ、最後まで聴いていただきありがとうございました」

「君はいまいくつかね」

「は、三十四歳です」

「若いって、いいなあ、君。やっぱり、いい。今日の『芝浜』はいい。よかったよ」

「……し、芝浜、あの今日僕がやったのは『寿限無』ですが」

「……帝国軍人の規律ゆえ」

「……？」

前島密似が敬礼をする。つられて一緒に敬礼をする。

「は？……」

（……なんだよこれ）

「おじいちゃん、ダメよ、そっち行っちゃ」

一発でうまくはまったような「福笑い」みたいな顔のふくよかな中年女性が駆け寄ってきた。

「……すみません、父が何か失礼なことしませんでしたか？　ごめんなさいね、父、認知症なんです」

深々と頭を下げるので、錦之助はかえって恐縮する。

「もう、勝手に離れたらダメって、何度言ったらわかるの？」

「あの……」

「どうもすみませんでした」

一方的に福笑いが前島密似の腕を引っ張り、連れ去って行った。まるで「スタンプ親子」というコンビ名の漫才師のようだった。

「もうダメよ……物まねやっている人に迷惑だったでしょ」

「……談志の『芝浜』はよかったんだ！　甲種合格！」

かみ合わない親子の会話がフェイドアウトしてゆく。

水沼が、そんな親子と入れ替わるようにトイレのほうから戻ってきた。

「いやあ、錦ちゃん、よかったよ、今日の『時そば』！　上手くなったねえ、そばを食べる仕草」

結局、錦之助の落語は誰にも聴かれていなかったのだ。

局のワゴンの中でそそくさと手際よく着替えながら、毎回のがっかり感を緩和(かんわ)させていた。もはやルーティンだった。

「あの日あの時、落語に、立川談志に出会っていなければ、こんな目に遭(あ)わなかったのかもな」

錦之助は、東都(とうと)大学時代は落語研究会に所属していた。俗にいう難関大学ということもあり、落研(おちけん)ＯＢには落語家になる人などいなかったので、相談すらできないでいた。いや、誰かに相談していたら、たとえばその先に面倒(めんどう)くさいことが生じた際にその先輩のせいにしてしまいそうになると予感した。

落語はドラッグだ。その薬に接してしまった人間は、それ以降の人生がガラッと変わってしまう。

館林(たてばやし)から上京してきた錦之助はただ面白そうだなあ、というイメージだけで落語研究会の門を叩(たた)いた。

部長の本田(ほんだ)が新入生勧誘(かんゆう)のオリエンテーションの机を前に着流し姿で座ってい

ただけだったのも話しやすかった。ほかの派手めな内部進学や他大学生と思しき女性たちが華やかに勧誘するシーズン・スポーツのサークルは、自分には似つかわしくないと悟ってもいた。

「あの」と言った一言だけで、本田は相好を崩した。

「お、入部希望でしょ？　名前書いて」

ほかに入部希望者がいないらしく、新しいまんまの大学ノートの一ページ目に、渡されたボールペンで「杉崎修二」と、しゃっちょこばった字で記入した。

勿論、落語の「ら」の字も知らなかった。

「君、落語聴いたことある？」

「ないです」

本田が幾分軽蔑のこもった表情になったのを、錦之助は見逃さなかった。

「落語って古くさいですよね」

本田の眉が吊り上がった。

「あのさ、君。哲学って古いって言う？　ソクラテスは時代遅れって言う人いると思う？」

「……すみません、いままで接点がなかったんで」

文学青年っぽい本田とややこしい言い合いになっても損と、錦之助はへりくだった。

「じゃあさ」

本田がバッグの中からCDを取り出して、差し出した。

「これ聴いて、古くさいと思ったら俺、謝るから。貸すよ」

『立川談志ベスト盤　らくだ』と記されていたそのCDケースは手垢だらけで、おそらくカネのない落研の学生たちの間で、先輩から後輩へと受け継がれて聴き込まれた感満載だった。

CDジャケットの写真の談志は三十代のころか、才気と血気にあふれていた。

「怖そうな人だな」

それが談志に対する第一印象だった。

荷ほどきもしていないまんまの下宿で、高校時代から使っていたCDデッキをオープンさせ、CDケースを開けると、どことなく懐かしい匂いが六畳のアパート全体に広がる。

「らくだ」は、談志の十八番だったとはあとから知った。

マクラという冒頭の導入部分の語りからして飛ばす談志は、そこで当時の世相を存分に斬っていった。時の首相を、時の政権をズタズタにした。

時事ネタを標榜する芸人なんかの比ではなかった。猛烈な毒もあり、その毒は収録現場で直に聴いてウケている観客のみならず、CD越しに聴いている錦之助の全身をもまた染め抜く。世相を斬るだけなら誰でもできるのだろうが、その返す刀で、観客にまで斬り込んでくる迫力に錦之助はのっけから虜になった。

そのマクラの勢いのまんま、フルスロットルで「らくだ」に入る。

談志の落語は、いや、落語自体初体験の錦之助にしてみれば、登場人物の半次や屑屋や大家や月番、漬け物屋まですべてが立川談志だった。まして「らくだ」は、酔っ払ってから半生記を述懐する屑屋が迫力満点で、そこには喜怒哀楽すべてが凝縮されていた。

「……『いてえな、この野郎、こんなに殴りやがって。こぶだらけになっちゃった』『あだ名がらくだじゃねえか』」

あとで聞いたが、談志のオリジナルというオチだった。

拍手と落語会の終演時に叩かれる追い出し太鼓、そして前座らの『ありがとうございましたぁ』との声とがないまぜとなって、そのCDはエンディングを告げていた。


どれくらいの時間が流れたのだろう。

気がつけば、CDデッキはカタカタと鳴っていた。

談志の落語の初体験のあと、錦之助は見える景色が変わったかのような感覚になっていた。

数十分前の自分がなにを考えていたのかまったく思い出せずにいる。

「人間ってすげえな、人間ってどうしようもねえな。でも人間って、いいよな」

モノクロだった殺風景の部屋がいつの間にかカラフルになっている。

「ろくでもない人間だって、素晴らしいじゃないか」

自然、涙がとめどなくあふれてきた。

「このひとときを味わうために俺は生きてきたんだ」

のちに至ってこれこそが談志が定義していた「落語は人間の業の肯定」だと知る。つまり談志によって錦之助は心から解放されたのだ。

そうだ。

学生時代に嗅いだあの談志のCDケースから発せられたあの匂いは、ややかびくさいけど決して不快にはならないあの匂いは、そのまんま自分を落語という夢の世界へいざなう導火線が燃える香りだったのだ。

以後、この世には存在しない談志を追うことがこの落語熱を下げる際の特効薬とばかりに、CD、動画、著書に触れまくることになる。

そして、いざ弟子入りしようとしてもその本人はこの世にはいなかったのが余計に拍車をかけた。立川流に談志の孫弟子として入門しようという気持ちは勿論、あったが、それよりも前情報なく「一番最初に生で落語を聴いてときめいた人に入門しよう」と考えた。

そんな状態で初めて接した生落語が自分同様、談志に憧れ抜いた師匠の錦生だった。錦生に自分の相似形を見出したとでもいうべきか。

それは錦之助の人生をさらに崩壊させることにもなり、その後入社したアパレルメーカーも二年でやめてしまった。

「談志師匠が生きていればなあ。いや、もし生きていたら俺はどうなっていただろう。果たしていまの師匠のところにいたのかなあ」

「錦ちゃん」

誰かが名前を呼んでいる。

「おい、錦ちゃん」

「……？」

「だいぶ疲れてるかな？　すまないね、確か奥さん、臨月だったのに」

「……あ、大丈夫ですよ」

「そだね。俺との飲み会も仕事のうちだもんな。悪いけど、じゃあもう一杯飲もうよ、錦ちゃん。マスター、バイスサワー」

横浜の三ツ沢の錦之助の自宅近くの居酒屋だった。生放送を終え、市内に戻ってきてから近所の公民館で催された老人会での落語会を終え、再び水沼と合流した。

瞬間的だが、錦之助は眠っていて大学時代のことを思い返していたようだ。

水沼が、「いや、疲れるよね、そりゃ、朝箱根で、昼過ぎにもう一本落語となればさ。ごめん、もう一杯だけ付き合って」といたわった。

普段は善人なのだが、酒が入り、ある一線を越えるとがらりと人格が変わるのが水沼だった。まさに件の落語「らくだ」に出てくる屑屋そのものだった。

「ごめんね、錦ちゃん、ほんとすまない。謝るよ、この通りだ」

だんだん泣き上戸に近くなる。そろそろ臨界点のようだ。

「いいですよ、俺はやれと言われたらどこでも落語、やりますから」

「いやあ、未来の名人に向かってあんな失礼な環境で落語をやらせてしまうなんて。俺の完全なる力不足だ。この通り」

水沼が土下座体勢に入って謝罪する。

「いいですよ、そんなことしなくて！」

水沼は鼻水をすすり上げた。

「上はさ、君がしどろもどろな形で落語をやる姿が結構面白いみたいでさ。それじゃアマチュア扱いだよ。二つ目の落語家さんに失礼だよ、まったく、落語家さんの落語、ちゃんと聴いてあげなきゃ」

（お前もだよ！）。錦之助は心の中でツッコミを入れた。

「もう、いいですって」

水沼は目が座っていた。残りのバイスサワーを一気に飲み干した。

「もう、帰りましょうよ。マスター、お勘定(かんじょう)！」

「ほい！」

Tシャツにバンダナ姿のどことなく職人風のマスターだが、酔っ払った水沼の扱いには手慣れた古女房のような感じで応対する。

「いや、マスターもう一杯な、バイスサワー、下町の味。だんだん調子が出てきた」

「マスター、もういいです、お勘定！」

「水さん、およしよ。いやあ年々弱くなっちゃってさあ」

「お勘定……あん、なにがお勘定だ？」

水沼が食って掛かり出した。

「ごめん、ごめんって俺が謝っているのになんだよ、そのお勘定って」

(やばい、こうなると早く連れ去るしかない)

「錦ちゃん、ご苦労様！　じゃあ、いつものように局にツケておくから」

マスターが、当たり前のように水沼の介助に向かう。

「待てよ、いや、ごめん、ごめんって、俺がこんなに謝ることはないんだよなあ」

　水沼は泣き上戸から怒りモードに切り替わりつつある。

(早く外でタクシーに乗せちゃいなよ)

　とマスターが目配せをする。

なおも居座り続けようとする水沼の右脇から錦之助が、そして左脇からマスターが、それぞれ頭を入れる。小柄な水沼は軽々と担がれる形になった。

「そもそもあのロリコンDJが悪いんだよ。あいつの抜けた穴が大きすぎて。あいつさあ、俺のディレクション誉めてくれたんだよ。それがなんだよ、スケベ野郎が。あんなにいい声持っているくせに欲におぼれやがって。人間はここぞという時にガマンしなきゃいけないんだ。そこで真価が問われるんだ。俺なんかガマンガマンでここまで来たんだよ。ふざけやがって」

水沼は立っていられないくらい足がフラついているようだった。そのせいか、小柄なのにやたらと錦之助は重く感じた。

「水さんさ、三浪して美大に入ったんだよね」

マスターがつぶやく。

「そうだったんですか？」

「苦労人だからさ、前座を長いことやっちゃった錦ちゃんを弟みたいに見てるんだろうな、きっと」

普段はあんまりしゃべらないマスターも若いころに両親を亡くして年の離れた妹の面倒を見ていたと水沼に聞いたことを思い出した。

落語家の元には苦労人が集まるのかもしれない。

「七年も前座やっちゃうと周りにはそんな人ばかりになるのかもですね。自分が同じ匂いを出しちゃって呼んでるのかも」

と言うと、マスターが優（やさ）しく笑う。

マスターの笑顔が師匠の錦生の笑顔に重なって見えた。

錦生は談志にとてもかわいがられていて、若手のころは「談志の影法師(かげぼうし)」とまで揶揄(やゆ)されたのだが、その揶揄を誉め言葉として受け止めていたとさえ聞いた。ただ、結果として芸風も考え方も口調も談志に似すぎてしまったせいか、落語協会でも浮いた存在ともなり、いつの間にか協会幹部とも反(そ)りが合わなくなってゆく。

そして自ら「落語精鋭協会」なる形で一人で独立し、協会から離れることになってしまった。錦之助が錦生の落語に接したのは、そんな前後の時期で、弟子入りを決意した錦之助を、守るような格好(かっこう)で錦生も協会から完全に離脱することになったのだった。世間は「第二立川流」と陰口(かげぐち)をたたくことになった。

「錦生師匠が談志師匠みたいに協会を飛び出したのは錦ちゃんのせいかもね」

「それは自覚しています」

「でもさ、普通に落語の世界に入っていたら三年ぐらいで終わったはずの前座修業なのにね」

「仕方ないですよ、惚れた弱みです」

「まさかそんなに長く修業させるだなんて、錦生師匠、そこだけ立川流と同じとは。どこまで談志が好きなんだろうねえ。いやどこまで苦労好きなんだ、あんた」

「その言葉返しますわ」

マスターが笑うと、水沼のいびきが聞こえてきた。

みんな不器用な苦労人だからこそ、前座という下積みが必須とされている落語家の俺に、シンパシーとリスペクトを寄せてくれているのだ。錦之助にはそんな気持ちが痛いほどよくわかった。

（確か五十過ぎの水沼さんには、都内の私大に通う娘さんがいたはずだ）

そう思うと怒りはなく、むしろ酒癖の悪さすら許してあげたくなる。

（落語界で人一倍厳しい山水亭錦生門下で前座修業をやっておいてよかったな。前座修業をやっていなかったら人の気持ちの裏側なんて想像しなかっただろうなあ）

としみじみ思いながら、錦之助は大柄なマスターに一瞬だけ水沼の身体を預けて、タクシー会社に電話を入れた。

土曜の夜の国道一号線は空いていた。

すぐに来たタクシーを捕まえ、「反町駅まで。あ、この人、そこからは帰巣本能が働きますから」と、酔いつぶれた水沼を後部座席に押し込み、見送る。

「じゃあね、錦ちゃん、お疲れ様。〝無茶ぶりの水さん〟って局内では有名らしいけど、よろしくね」

踵を返して、マスターが去っていった。

マスターに挨拶をし、後ろ姿を見送り、そして、ふと空を見上げると、一筋の流れ星が見えた。

(願い事、かなうのかな)

その時、携帯が鳴った。

文子の母の千春からだった。

「無事、生まれたとですよ」

久留米弁が躍っていた。

（やったあ）

「お、と、お、と」

駿がたどたどしくつぶやく。そして恐る恐る小さな手で、生まれたばかりの次男坊の頭を触った。

「駿も今日からおにいちゃんだよ」

駿は不思議そうに「これから僕だけのママを奪うやつ」を見つめる。

市内の総合病院の産科病棟は、院長の配慮と聞いたが、婦人科病棟とは離れたところに造られていた。そのせいかここにいるのは錦之助一家と同様、出産を終えたか、迎えるかという喜びにあふれているせいか、無機質なリノリウムの床が明るめのカーペットのように輝いている感じがした。

大仕事をやってのけた文子は疲れてはいるものの笑顔がいつもよりまぶしい。

錦之助と文子を二人にさせてやろうと、義母の千春は駿に声をかけた。

「駿くん、ばあばと一緒に下のレストランにチョコドーナツ食べに行こう？」

「うん」

さりげない千春の気遣(きづか)いに錦之助はお辞儀(じぎ)で返した。

そしてベッドに横たわる文子にキスをした。

「いきなりだったのか？」

文子は頷(うなず)いた。急に産気(さんけ)づいたのだ。

幸い救急車はすぐに来てくれたが、幼い駿の面倒を千春が見るため、文子は一人で運ばれることになった。

「大変だったよな、お疲れ様」

文子のおでこを優しくなでた。駿の時も帝王切開だったことを思い出すと、目の奥が熱くなってきた。

いくらかわいいわが子のためとはいえ、二回もお腹を切ることが自分にはできるだろうか。

文子の隣で眠る天使を抱きかかえると、そのまんま天に舞い上がるのではと思うほどの軽さだった。

「立ち会えなくてごめんな」

「ううん。大事な仕事だったんでしょ」

「苦労人の相手してた。まあ、大事と言えば大事だけどな」

文子は茶目っ気たっぷりの表情になった。

「名前、どうする？」。「優にしたい」、俺は即答した。

「優って、男の子でも、女の子でも使える名前よね。『人を憂う』から優しいなんてとってもいい漢字。『優しい人が勝つから、優勝』なんだと思う」


「命名　優」

自宅の神棚に寄席文字を真似た字体が堂々と居場所を主張している。

画数が多いのが気になったが、見慣れてくると本当に優しさが満ちあふれてくるような気になるから漢字は本当に不思議なものだ。

予定より一か月半早く生まれてきた優は、最初はとても小さくて心配もしたのだが、たくさんおっぱいもミルクも飲んですくすくと大きくなっていった。泣き顔、寝顔、すまし顔、すべてがかわいかった。

文子の産後の肥立ちもよく、顔色も日ごとに明るくなってゆく。

優の寝顔に見惚れている錦之助に、

「あなたに似ているかもね」

「なあ。覚えているか？　俺が初めて君のうちに行った日のこと」

——思えば、文子にはずっと頭が上がらない錦之助だった。

錦之助は大学卒業後、大手女性アパレルメーカーの「ビクトリー」に勤務していた。九州地区担当のセールスマンとして博多地区を受け持っていた時に、中洲の「麗羅」という高級婦人服店の販売員として勤務していた文子と知り合った。「麗羅」の二十周年記念イベントで、上の顧客を集めての新作ファッションショーの仕切りを落研出身っぽくバカバカしくこなしていた際、文子がサポートしてくれたことで仲良くなった。

まさかその時、わずか二年で錦之助が会社をやめるとは文子も正直思っていなかった。

「俺さ、やっぱり落語家になるわ」

「なに、言い出してんの、シュウ？」

文子はぽかんと口を開けた。

「あははは。またまた。本気？」

「俺はカレーライス食う時も本気」

文子は、錦之助をそれなりに面白いだけの人だと思っていた。錦之助が「それなりの人」だったからだ。そして大手の会社に勤めていればそれなりのおカネをもらえて、それなりの未来を想像していた。

そんな、それなりの才覚しかない人が、いきなりプロの落語家になるなんて。超現実主義者の文子にしてみれば、浮ついた夢のようなことばかり言っている錦之助は、夢を追うというよりも現実から逃げているようにしか見えなかった。

「あなたはそれなりの人なのよ」

それとなく「プロ」には程遠いんだということを訴えてみた。できれば、あきらめてもらいたいという願いを込めて。

「そうそう、みんなそう言うんだ。俺はそれなりだよ。でも、だからこそプロでもそれなりにうまくいくと思うんだ」

（ダメだ、この人は）

文子はそんな錦之助の態度に業（ごう）を煮やすようになってゆく。

（少し、冷却期間が必要かも）

いつの間にか付き合うようになってしまっていたのだから、いつの間にかフェイドアウトしようと思った。一旦（いったん）落ち着いて冷静な気持ちになろうと、文子の恋心は冷（さ）めかけていた。

（自然に消えてゆくのもありかな）

と文子は過去の恋愛体験を反芻（はんすう）していた。

――あんなことがあるまでは。


久しぶりに文子の車で柳川（やながわ）までデートすることになった。

「柳川に行きつけの店があるから案内したい」

という一方的な錦之助の申し出に、渋々文子は付き合うことにした。

いずれ会わなくなるつもりだから、ある程度は相手の言うことを聞くほうがいいとの判断だったが、

「君の運転ね」

と、当たり前のように文子の車の助手席に乗り込む錦之助の態度には、辟易した。

が、

（これも……あともう少しの辛抱か）

と思えばその図々しさもガマンできるような気がした。

錦之助はというと、助手席に乗った途端、慣れた手つきでカーナビに目的地を入れると、「あとはもういいね」と、すぐさまいびきをかいて眠り始めた。

実際、文子には錦之助という彼氏がいるにもかかわらず、親せきの世話焼きおばさんから、見合いの話が舞い込んでいた。しかも一流会社勤務のエリートサラリーマンやら医者やら会計士やらと、錦之助に比べたら収入もルックスも含めて断然格上の人たちばかりだった。

（なのに、この人ったら――）

錦之助の間抜けな寝顔を横目で見ながら文子は一層ハンドルを強く握りしめた。

「着いたわよ」

呆れ気味に語りかけると、

錦之助は背伸びしながらあくびをする。

「…ねえ」

「なに？」

「ここが、わたしを連れてきたかったところ？」

「ああ」

久留米で生まれて育った文子にしてみれば嫌というほど来ている柳川の川下り乗船場だった。

「わたし、二十回は来ているんだけど」

「じゃあ二十一回目の今日が一番楽しいはず。あの前のコンビニの隣、駐車場だから」

錦之助は文子の話をまったく聞かず、「先に行っていいから」と、助手席から飛び出して、乗船場とは別の方向に走っていった。

ポカポカ陽気に包まれているとはいえ、川下りの船の中は、数人の乗客のみで、文子以外はお年寄りたちだった。赤ら顔の結構年配の船頭が、

「おねえちゃん、今日は一人かい？」

と、尋ねてきたので、

「もう一人来るはずですが」

と半分生返事で答えた。

「……いやあ、遅くなっちゃって」

錦之助はウールの着物を着てやってきた。

「おう、シュウちゃんか。かわいそうに、ツレ、待たしてたのかよ」

「あ、大丈夫っす、未来の妻です」

「はあ？」

船着場から錦之助が船に飛び乗るのを待ち構えて船頭が川底に棹を一突きすると、猪牙船は水面を滑ってゆく。

「えー、みなさん、柳川川下りへようこそ。どちらからいらしたんですか？」

「広島は三原！」

「あそこはいいところですよ、行ったことないけど」

矢継ぎ早に錦之助がお年寄りたちに語りかける。

お年寄りたちが一斉に笑う。

川面からの陽光の反射を受けて笑顔がキラキラと輝くようだ。

「でも、知っていますよ、三原でしょ？　夜になると暗くなるんですよね？」

また一斉に笑い声が漏れる。

船頭が、お年寄り一行を見ながら、文子にそれとなく話しかけた。

「ああやってさ、しゃべる訓練をしたいんだってさ。プロの落語家になるために」

「あの人、よく来てるんですか？」

「四か月ぐらい前からかな。なんかいきなり、『おカネはいりませんから盛り上げさせてください』って来たんだよ。どうしてだいって聞いたら、なんでも大事な人に落語家になりたいって伝えたらさ、『あんたはそれなりの人間だよ』って言われたのがショックだったたんだって。自分を一から鍛え直すんだって」

船頭は、都々逸を唄い出した。

「〽船に船頭ぅ〜ささやいて〜けさぁの出潮に〜クビったけ〜」

船頭と錦之助との呼吸や掛け合いはすでにこなれていて、錦之助の客いじりトークも場数を踏んだものと思われた。

「〽ほれて通えば〜千里も一里じゃえ〜」

お年寄りたちから一斉に拍手が起きた。

「……さすが、名船頭さん！　自慢のサオで女性が喜ぶ」

お年寄りたちが笑い、文子も一瞬つられそうになる。

「……落語家になりたいっていう夢にさ、シュウちゃん、真面目なんだよねきっと」

（案外、タフなのかも）

文子は初めて錦之助の笑顔がまぶしく見えた。

（……わたしがおばあちゃんになっても、あのまんまなのかも）

無邪気に笑うお年寄りの姿に、そっと文子は自分の未来を想像した。

錦之助がいよいよ明日東京に飛び立つという日の前夜のことだった。

連絡もしないで錦之助が紋付き袴姿でいきなり久留米の文子の実家の玄関先に押しかけてきたのだ。

「……すみません、お父さん、お母さん、お話があります」

「ちょっと、なに考えてるの！」

文子は事態を把握できず、ひとまず錦之助を外に押し出そうとした。

「まあ、とりあえず、中へ」

「……君のセリフじゃないだろ」

父親の信三はそう言うのが精いっぱいだ。

(明らかに主導権は、この人だ)

文子は見守るしかなかった。

無理やり奥の座敷に床の間を背にする形で文子、信三、千春を座らせ、正座した錦之助は、言い放った。

「お父さん、お母さん、お嬢さんと結婚を前提としたお付き合いを続けさせてください！」

「……君はなにを言ってるんだ。そもそも君は一体何者だ？」

戸惑う文子の父親に平然と、

「あ、お父さん、申し遅れました。未来の落語家です。ご心配なく。いますぐくださいではありません。落語家として前座修業を終えてからきちんとお願いに上がります。三年間お待ちください！　三年後に正式にお嬢さんとの結婚のご承諾をお願いします」

　錦之助は手を突いて深々と頭を下げた——。

　文子はあとからこの経緯が、「惚れ抜いた最高級の花魁に会うために三年もの間、必死に働いたおカネを持って会いに行く」という落語の「紺屋高尾」そのものの展開だったと知った。

　つまり、落語のシチュエーションで文子の両親を口説いたのだった。いや、文子は落語に口説かれたのだ。もっと言うならば、文子は錦之助ではなく落語に惚れたのかもしれない。

「——あれから三年どころか、わたし七年も待たされてさ」

「仕方ないだろう。前座のうちに結婚したら破門だったんだから」

「あの怖い師匠だもんね」

「でも、俺のあの時の強引さのおかげでこの子たちに会えたんだよ」

錦之助が優の手に触れると、優が握り返してきた。

「あのあとさ、大変だったんだから。父は怒ってお酒飲んじゃってさ、母は、笑いながら、案外面白いかもよ、左団扇（ひだりうちわ）になるかもねとか言って。無責任よ。弟は、姉ちゃんにはそんな変わり者のほうが似合（にあ）うって、ずっと笑ってた」

「卓（すぐる）君はいつも俺の味方だったなあ。そもそもなんで俺なんかと結婚したの？引く手あまただったんだろ」

「引く手あまただったわ」

「自分で言うかよ」

「てゆうか、面白そうに思えたからかな」

「それだけかよ」

「……安定していて面白くなさそうな人よりも、少し不安定でも一緒にいて面白そうな感じがしたから。あ、あなた覚えていない？」

「ん？」

「わたしが、あなたの勉強会を手伝いに九州からわざわざ東京に出かけて行った時」

「いつも遠くから来てくれていたよなあ」

二か月に一度の前座の勉強会という名のネタ下ろしの落語会を積み重ねて落語の数を増やし続けていたころ、文子は持ち前の明るさで受付を務めてくれていた。

「あの時、佐賀の高級な小城羊羹、わたし、何気なく『大事なお客さん用にね』って言って渡したら、あなた、なんて言ったか覚えてる？『いや、お客さんってみんな大事だからなあ』って言ったの。その時、この人はいつも優しいんだろうなって思ったの」

「覚えてねえや」

「女の子ってね、何気ない言葉や振る舞いでその人を判断しちゃうの」

「あ、そうなんだ」

男性は、相手の言葉や行動などをすべて吟味し、すべてをトータルで受け止められる生き物なのかもしれない。対して、女性は男性のようなアプローチではなく細(こま)やかな言動のサンプルのみで判断できるようなセンサーを備えているのでは……などと錦之助は思いを巡らせた。だから少しの立ち居振る舞いの変化から浮気や不倫などの兆候(ちょうこう)を見てとってしまうかもしれないのだ。

(女ってすごいな)と、しみじみ文子の横顔を見て思った。

「……ねえ」

「……え!」

思わず、錦之助の声が上(うわ)ずった。

「もしかしたらさ、あの時の強引さを、錦生師匠は求めているのかもよ。強引さというか、しつこさかもしれない。逆にあのしつこさが芸の上で足りなかったから七年も前座修業にかかっちゃったのかもよ」

案外図星(ずぼし)かもな。

錦之助はどこか錦生に対しては遠慮しがちなところがあった。

文子の推測は間違っていないような気がした。

玄関のインターフォンが鳴った。

文子が出てゆくと、宅配便だった。

「誰から？」

「あなたの大好きなお義母さん」

館林に住む母からだった。

そそくさと段ボールの封を開けた文子は、

「やだ、お義母さん、勘違いしている。女の子用のお洋服ばっかり」

錦之助の思い込みは、母親譲りだったのだ。

「だって、優という名前だと聞けば、誰だって女の子だと思うわさ」

携帯を遠くに離しても珠代の声は狭い部屋の中で大きく響いた。

錦之助は呆れ果てていた。

文子が口に人差し指を立て『寝ているから静かに』と示す。

優も、駿も寝ている。

声を落として錦之助がささやいた。

「俺、言ったじゃん、あれほど、男の子だって」

「そうだったっけ。だって修二ねえ、文ちゃんの顔が優しくなっていたから、てっきり女の子だと思ったんだよ、かあちゃんは」

七十歳近いというのに、相変わらずパワフルな珠代の勢いは止まらない。

「どうすんだよ、こんなに大量の女の子用の服」

「三人目、産んでもらいな。あはははは」

隣の部屋にも聞こえたらしく、文子はバツのジェスチャーをする。

「……なあ、かあちゃん」

「なんだい？」

「とうちゃん、元気か？」

「心臓の手術もうまくいったみたいで、元気だよ。あ、待ってて。とうちゃん、代わる？　修二から？　いいの、いいの？　あのね、修二、たまには飲みたいってさ」

館林でプラスチック工場を営む照れ屋の父親だが、一代で築いた仕事はいま錦之助の弟の勉が継いでいる。某有名化粧品メーカーのファンデーションの容器を作っていることが錦之助の幼いころからの父の自慢だった。「あの綺麗な艶は俺の腕だ」と小学校のころから父親は自慢していたものだった。いまはどうだろう、景気もあんまりよくないと聞くが詳しいことはよく錦之助にはわからなかった。

　兄貴と違って堅物で実直な勉は、真面目で親切な性分で地元の商工会などからもウケがいい。地元の消防団でも率先して活動に取り組んでいるのが微笑ましい。とはいうものの、本来ならば長男の自分がその立場にならなきゃいけないという負い目もあり、実家がらみの話になると錦之助はいささか申し訳なくなるのだった。まして勉には前座のころからカネを借りたりなどしていたから余計だ。

「つうか俺も暇じゃないんだよ。いい弟がいてよかったわ。勉くん、最高。彼がお兄ちゃんでいいよ。じゃあな、かあちゃん、優が落ち着いたらそっちに連れてゆくよ」

「いいかい、修二！　なにがあっても文ちゃんを大事にしなよ。あんたみたいな体たらくな芸人、あたしだったら絶対やだよ」

「わかったよ」

　携帯を切ると、優がまた泣き始めた。

「子どもは食い扶持を持って生まれてくる」という説は本当かもしれない。以後、錦之助の許にはギャラは安いが仕事が舞い込むようになった。一番多い依頼が「結婚式の司会」だった。落語家は地味だが、しぶといのだ。

錦之助は、前座時代に、新潟の営業で一緒になったとあるコミックバンドのリーダーのひと言が忘れられないでいた。

帰りの新幹線の車中がその仕事の打ち上げみたいな形になり、「いやあ、前座が長くてほんと腐りそうですわ。おまけに付けてくれた名前が前に勤めていた会社の名前を入れて山水亭ビクトリー。期待すらされてませんもんねえ。俺二つ目になれるのかなあ。ちゃんとした芸名つけてもらえるのかなあ」と酔った勢いで愚痴混じりにぼやいた時に、彼はこう言ったのだった。

「ビクトちゃん、落語家さんって、食いっぱぐれがないからお笑い界の公務員みたいなものよ。前座はその前払いの保険みたいなものだから短気起こしなさんな」

前座は、小間使いばかりだ。師匠のみならず、すべてに気を遣うことを要求される。落語会では、太鼓を叩く、高座返し（前の演者が座った座布団をひっくり返すこと）、先輩の着物をたたむ、お茶を出すなどなど。ま、とにかく毎日ひたすら謝るような日々を強制されるのだ。

要するに前座は受け身を覚える期間なのかもしれない。いや、次の仕事につないでくれているという意味で言うと攻めでもあった。打ち上げなどで陽気に振舞っていると「今度、うちの自治会で一席やってよ」などと仕事も舞い込むものだった。やはり仕事が仕事を生むのだろう。

錦之助は来る仕事は断らずに邁進した。相変わらず「青空落語」は無茶ぶりで、いつもそこに来るのは小学生など少ない人数でもあり、切ない有様だったが、どんなストレスも優を抱っこすることでクリアできるさと自分で自分を励ましている涙ぐましい日々を送っていた。

その二か月後のことだった――。

「優の熱が下がらないので、救急車を呼んで病院にきた」

栃木は宇都宮の法人会主催のイベントでの仕事を終えての帰り道だった。湘南新宿ライン逗子行きの電車で帰ろうと、のんびりとチューハイと裂きイカとチーズを駅のキオスクで買い込んだその時だった。

こんな電話が妻から来れば誰だって気が動転する。

文子曰く——実は数日前から風邪気味なのかぐずっていて、夜も寝られなかった様子でずっと泣いていた。今朝ホームドクターのところに行ったら、「生後二か月での高熱は気になるから、すぐ専門の小児科のある総合病院へ行くこと」を勧められ、救急車で来た——とのことだった。

「優は？」

「いまのところ大丈夫。でも検査が必要みたい」

「……。駿も一緒か」

「まさか。一緒に救急車には乗るわけにはいかなくて、五階の桑本さんの奥さんに預かってもらっている。わたしは今日ここに泊まるけど、あなたはこっちへ来ないで駿を迎えに行って」

電話の向こうで、気丈な文子もさすがに動揺している様子だった。

桑本家は錦之助より二人とも五歳近く年下の若夫婦だが、ご主人が落語好きで何度か錦之助の独演会にも来てくれたりするなどの交流もあり親しくしていた。以前この二人がインフルエンザにかかった時には一人娘の理恵ちゃんを家で面倒を見たこともあった。

二時間半ほどの移動時間が異様に長く感じた。窓際に置いたままのチューハイは、錦之助の心と同様、大量の汗をかいていた。

マンションのエレベーターがなかなか降りてきそうになかったので錦之助は階段から走って向かった。日頃からの運動不足のせいか足が何度ももつれそうになる。

息を整え、桑本家のインターフォンを押す。

奥さんの快活な返事で、いくらか落ち着く。

「すみません、杉崎です。ご迷惑をおかけしております」

ドアが開き、長身の奥さんが顔を出す。

「あ、いえ、全然。それより優君、心配ですね。あ、駿君、パパ来たよ」

駿がちょこまか走ってきた。理恵ちゃんも一緒に駆けてくる。

理恵ちゃんと駿は同い年で公園でもたまに一緒に遊んでいる仲だ。

「理恵ちゃん、今日はありがとね。まあ、大きい病院で診てもらったほうが安心ですからね」

錦之助は必死に平静を装って、駿の頭をなでる。

「いい子にしていましたか？」

「おやつも食べないで、ずっと娘と絵本を読んでいましたよ」

「お手数おかけしました。駿、ほら、理恵ちゃんママにお礼は？」

駿がちょこんと頭を下げる。

「困ったことがあったら、またお気軽にご連絡くださいね」

「ほんと助かりました。ありがとうございました」

錦之助は深く頭を下げ、玄関のドアを閉め、踵(きびす)を返した。

駿は、外に出るや否や、錦之助の右手の人差し指をぐっと強く握りしめた。

「ん……？」

駿がじっと錦之助を見上げる。

「ママと、ゆうくん、きゅうきゅうしゃにのっていっちゃったの」

たどたどしく、単語をつなぎ合わせるように二歳児がしゃべり始めた。

今日起きた顚末(てんまつ)をずっと錦之助に報告したくて、こらえていたかのような声だった。

短いセンテンスの奥には「一人ぼっちにされてしまった」という孤独感と悲しさが饒舌(じょうぜつ)に響いた。

理恵ちゃんママと理恵ちゃんがそばについていてくれたとはいえ、『はたらくくるま』という大好きな絵本の中でしか見たことのなかった「きゅうきゅうしゃ」が、現実に目の前にいきなり現れ、大好きなママとぼくの生まれて来たばかりのおとうとを連れて行ってしまった……。

（ぼくをおいていっちゃった）

そのただならぬ空気感は、いたいけな幼子(おさなご)にもわかるのだろう。駿はじっと唇を噛んだままでいる。

(俺が来るまで、ずっと言いたかった言葉だったんだろうな。それまでガマンしようって)

錦之助は、エレベーターの前でその健気さに心打たれ、駿を優しく抱きしめたら、涙が出た。

「そっか、こわかったよね。さびしかったよね、ごめんね。泣いた?」

「ううん」

駿は首を思い切り横に振った。

「ぼくは泣かない」

「つよいな、駿、パパのほうが泣き虫だよね」

駿が頷いた。

「おなかすいた」

やっと安心したのだろう、駿のお腹がグーと鳴った。

「パパもおなかペコペコ。よし、今日はパパが晩ご飯作ろう。カレーにしよう」

「わーい」

駿がようやくにこっと笑い、小さな身体をギューッと錦之助に寄せた。

病院の小児科病棟は、病気と闘う子どもと、その家族を少しでも励まそうという看護師さんら病院の職員による精いっぱいの雰囲気作りで一際明るく感じる。壁一面に飾られたお世辞にも上手いとは言えない手描きイラストや、手製のぬいぐるみなどから、たまらないぬくもりが伝わってくるような気がした。

（優が生まれた病院が今度は優が運び込まれた病院になっている）（同じ場所がまるで違う場所にしか見えない）などという緊張が、小児科病棟のエリアに入ってくると、かような心づくしのおかげでだいぶ気持ちも安らいできた。

入院することになった優の脇の簡易ベッドで、昨晩は文子が優に寄り添った。

優は何事もなかったかのようにすやすや寝息を立てている。

ほかのベッドとカーテンで仕切られているとはいえ、やはり文子はよく眠れなかったのだろう。少しやつれている。

「駿はいい子にしていた？」

「あいつ強いよ。お前と優がきちんと救急車に乗ったことを俺にきっちり報告してくれた」

「泣いてなかった？」

「いや、全然」

「お、さすが！　男は強くなきゃ」

「それを見て俺が泣いた」

「ダメなパパ」

　小児科病棟には健康な幼児でも各種感染症防止対策のため入室できないことになっているので、今日もまた駿は桑本家に預かってもらった。

「なにかお礼しなきゃ」

「あの美味しい」

「……小城羊羹ね」

「今日もいい子にしてるっぽいよ」

「パパに似ない強い子でよかった」

笑う文子の頬を錦之助は優しくなでる。

「どんな具合？　優は」

保育器の中で眠る優を心配そうに見つめながら文子は答えた。

「発熱の可能性を一つずつ探るための検査入院だって。たいしたことはなさそうだって主治医の先生は言っていたけど」

「俺も、昨日は駿を寝かしつけてからネットでいろいろ調べちゃったよ」

川崎病、髄膜炎（ずいまくえん）などなど、乳幼児に高熱をもたらす病気を怖い順からずっとキーワード検索していたから目は充血しているはずだ。

「あなたも疲れた顔なのはそれか」

こうして夫婦は強くなっていくものなのかもしれない。

「丈夫に産んであげなくてごめん」

涙を流す文子の肩を錦之助はいたわる。文子の泣く姿を見たのは何年ぶりだろう。

結婚し、子どもを設（もう）けるということは二人で大きな同じ課題を背負い合うことなのかもしれない。でも――これを乗り越えたらきっと俺も、文子も、駿も、そして優もみんなきっと強くなる――。

錦之助は強く感じ、保育器の中で眠る天使に心の中で手を合わせた。

病院通いも四日目になるとだんだん慣れてくる。

それまではペーパードライバーだった錦之助の運転も上手くなってきた。もっとも、その車とて文子の持ち物だったが。駿は、事情を話し、久留米から来てくれた義母の千春にずっと面倒を見てもらっている。

無事平熱に戻った優はミルクをゴクゴク飲み出して、文子も主治医も驚かせている。

この間、病棟で仲良くなったのが太一という小六の男の子だった。

文子の話によると体調などに問題があるというのではなく、家庭環境が複雑で長期間滞在しているとのことだった。看護師たちはガードが固いせいもあり、なかなか太一の素性がわからずにいたが、噂では「母親の再婚した相手からＤＶを受けているらしく、また母親も病弱なのでここにいるのが一番安全らしい」とのことだった。

　そんな素振りをまったく見せない陽気な太一は看護師さんや入院している子どもたちの間でも人気者らしく、注射を嫌がる女の子の病室などでドラえもんのお面をかぶったりして和ませているとも聞いた。

「ポケモンのトレーナーがトレードマークの子。あなたのまねも上手いのよ。『優君パパの物まねをします……おい、ダイジョブカ』って。そっくり」。文子が屈託なく笑う。

「俺そんな言い方するのかなあ」と、苦笑いしながらも、錦之助も優の入院した翌日から近づいてきた太一のことを思い浮かべた。

「へー、おじさん、落語家なんだあ」「落語、教えて」などというセールストークは別として、「昨日は優君、ミルクを400cc飲みましたよ」「今日の優君は平熱です」などと、看護師さんの言ったことなどもすべて覚えてくれているのが、心強かった。

「太一君がいて、助かるう」と、文子もその明るさに救われているようだった。

だんだんと各種検査結果が判明してきた。どうやら「尿路感染症」という見立てだった。

医局で、主治医の井本からの説明を錦之助と文子はじっと聞いている。

「……心配ありませんわ。ま、小さいころは比較的ありがちな症例です。尿管から膀胱に尿が逆流していると見られますわ」

度の強い眼鏡をかけた六十がらみの井本は、怖い目つきと、厳しい口調ながらも語尾の関西弁がゆるやかに聞こえ、少しほっとさせてくれるような気がした。

「……恐らく、そこからばい菌が入ったのが発熱につながったのでしょうな。ま、明日、膀胱造影検査してみますさかい。その経過を見てもう一週間ぐらい入院してもらいまひょか」

井本の眼鏡の奥に光が灯った。

小児科医は子どもが好きで、なおかつ子どもが苦しむ姿をそばで見守ることができるアンビバレンツな人にしか務まらない仕事なのだろう。

井本の机の脇には小さな募金箱が置かれていた。

錦之助の視線を察した井本が口を開いた。

「あ、これね、ドナルド・マクドナルド・ハウスという、病気の子どもとそのご家族が利用できる滞在施設のための募金なんですわ」

錦之助はポケットからごそごそと取り出した袋を袋ごと中に押し込んだ。

井本の目つきが一気に柔和（にゅうわ）になった。


その検査は翌日の午後からだった。優を抱きかかえた文子に寄り添うように錦之助もレントゲン室に入ろうとする。

「昨日のあなた、少し見直しちゃったな」

「募金か。交通費、確か一万だったっけ」

「気前いい人って、やっぱりいいなあ」

久しぶりに文子に誉められるのは嬉しいものだ。

その時、背後から、

「さ、お父さんとお母さんはここまでや！」

昨日とはうってかわった井本の強い口調に見舞われた。

錦之助は井本の厳しい語気に違和感を覚え、

「そばにいちゃ、ダメなんですか？」

少しでも空気を緩和させようと落語家っぽく錦之助は迫った。

「一緒にレントゲン写真に写りたいなあって」

井本はたじろいだ文子から優を預かり、レントゲン技師に手渡す。文子は文子でなんとなく事態を察知してそそくさとその場から離れてゆく。

文子がいなくなったのを見計らって、井本が言った。

「あのね、お父さんなら男だからわかってもらえると思うから説明するけどな、いい、よく聞いてや。おちんちんの先に麻酔なしでカテーテルを挿すのや。そしてそこから、造影剤を投入しておしっこが逆流するかどうか確かめるのよ、これ。わかる？　聞いているだけで痛くなるよね？　私も言っているだけで痛くなるような気がすんねん。自分の子どもがさ、そんなふうに苦しんでいるの、見ていたいかな？」

「……」

井本の説明と目力は、男性にしか共有できない苦しみを喚起させるに充分だった。

（この先生、修羅場くぐってきたんだろうなあ）

限りないリスペクトを覚えると、細いはずの腕からは信じられないほどの力で、錦之助は止められた。

やがて――。

レントゲン室の赤いランプが光った。それと同時に、生後二か月の男の子の泣き叫ぶ声が聞こえてきた。それは錦之助の心を突き刺し、井本の心からの慟哭にも感じた。

文子はじっと奥歯を噛んで涙をこらえている。錦之助はそっと寄り添った。

「ねえ、だって、ゆう、まだ『痛い！』って言葉すら言えないほどちっちゃいんだよ」

文子は天を仰いだ。

「なんで一か月半も早く産んじゃったんだろう。わたしのせいだよね、ごめんね、ゆう」

錦之助は激しく首を横に振った。

「誰のせいでもないよ」

そして文子の細い肩を抱きしめた。

（ゆう。パパ、もっと頑張るからね）

錦之助は涙をこらえて天に誓った。

「せやな、あと五日ほどで退院してもいいでしょう」

検査結果はやはり「尿路感染症」だった。尿管から膀胱への逆流現象が発熱の原因とほぼ判明した。ベテラン医師の見立てどおりだ。その白衣からたばこの匂いがした。やはりストレスのかかる仕事なんだろうなと錦之助は察する。

「先生？」

文子が尋ねた。

「あの、さっきの検査は退院後も続くのですか？」

「あ、あれな。うん、ゆうくんは少し早めに産まれちゃったこともあるもんで、半年に一遍(いっぺん)ぐらいはやるかもです」

少しうつむく文子に、

「まあ、この病気は身体も大きくなるにつれて改善することが多いですから、心配せんでええですわ」

井本が錦之助と文子に向けて優しい笑みを浮かべた。

「あ、そうそう、遅ればせながら、先日は、ご寄付おおきに」

ここ数年、毎年呼んでもらっている大田(おおた)区内の老人ホームでの落語会を終えて、錦之助は病院へ向かった。

優が入院してから二週間。新しい落語も二席覚えた。

錦生が、「二つ目と真打ちの昇進基準は立川流のところと同じにするからな」と言い出してもいたので、真打ち昇進のための必修科目として古典落語百席と、さらなる講釈、歌舞音曲(かぶおんぎょく)も条件に加えられた。

今日の落語会は、覚えたての「井戸(いど)の茶碗(ちゃわん)」と「奴(やっこ)さん」という踊りをやった。

折からの「優が無事に帰ってくる」喜びもあり、明るく快活に努めたせいか、

「……いやあ、磨くのはよそう。また小判が出るといけない」というおなじみの

「井戸の茶碗」のオチとともにおじいちゃんおばあちゃんたちの間からは納得のため息が漏れた。買った仏像を磨いたことで、大金が現われたことが「伏線」になっているオチだ。落語をやっていて、充実した手ごたえを感じるのがオチを言った瞬間のあのひとときだった。

心地よく頭を下げて、会場全体にほぐれた空気が充満したのを感じながらの、サービスのような意味合いの「奴さん」だったから主催者を想定外に喜ばせることにもなった。

プラスアルファの踊りも踊ったせいか、主催者からご祝儀を上乗せしてもらい、上機嫌で病院内に入り、小児科病棟へと向かう。

昨日まではここに来るたびにどんよりとした気持ちになったものだった。

だが今日は違う。元気になった優を連れて家に帰れるからだ。心なしか、足取りも軽やかになる。すれ違う景色がすべて晴れやかに見えてくる。

小児科病棟に入ると、ポケモントレーナーを着てアンパンマンのお面をおでこに付けた太一がニコニコしながら、声をかけてきた。

「よ、錦之助師匠！」

師匠というのは真打ち以上への呼称なので二つ目である錦之助には無論ふさわしくはない。

が、そんなことさえ許せるほどの信頼関係が、この二週間の間に芽生えていたのだ。

「おう、太一君、いつも明るいね。ダイジョブカ？」

太一がよくやる錦之助の物まねを錦之助自らが繰り出す。

太一も笑う。

「そんなにご機嫌がいいってことは、ギャラの多い仕事やったんですか師匠！」

落語に出てくる一八（いっぱち）という幇間（たいこ）持ちそのものの口調だった。

「いやあ太一君、喜んでくれ、優が今日退院なんだ！　おじさんは嬉しくってさ、わかるだろ？　ポケモン小僧！」

つい声が大きくなると同時に、太一が一気に悲しそうな表情へと変わった。

「そっか……もう、退院。行っちゃうのか」

「あ……」

(そうか、この子は、仲良くなった子が退院する度、その家族ともお別れしてきていたのか。この子は、ずっとここで退院してゆく子たちを見送り続けてきたのか……)

太一はすぐに声の調子を変えて、「優君、退院おめでとうございます。よかったね、錦之助師匠。それとおじさんさ、俺、ポケモン小僧って言われているけども、これしか着るのがないんだよね。さ、俺、院内学級の勉強しなきゃ」。

精いっぱい強がって去ってゆく太一の背中を見て、錦之助は自分自身を叱った。

(馬鹿野郎、お前、なに考えてるんだよ！ あの子のあれが天然の明るさだとでも思っていたのか！ いいか、あの子はな、ああいう振る舞いでいるしか、なかったんだぞ！ あの子はずっとここにいなきゃいけない身の上なんだ！ あの子にしてみりゃ、退院するってことは、仲良くなったお友達とのサヨナラしか意味しないんだぞ！ なにが真打ち目指すだよ！ なにが落語を覚えた数だよ、いや、もっと言えば、なにが上手い落語だよ、ふざけんな！ あんな小さい子の心すらわかってあげられないで、なにが落語家だ！ 人の気持ちも想像できないようなやつがやる落語なんか、一体誰が笑うっていうんだよ！ あの子を明るいだけのお調子者としか見てこなかったのか、てめえ、もう一度前座からやり直しやがれ、大馬鹿野郎！）

心の中でさらにもう一人の自分が、現れた。

（まあまあ、この二週間、こいつも悩み続けてきたんだよ。今日はこいつも本当に嬉しかったんだよ。その辺にしといてやれや）となだめて、二人が去っていく。

錦之助は、「言葉」の怖さと恐ろしさ、そして優しさを嚙みしめ、立ち尽くした。

（このままでサヨナラはしたくない！）

心の中で叫び、錦之助はすぐさま太一の後ろ姿を追った。

「太一君、約束果たしてなかったよね」

振り返る太一の涙を見て見ぬふりをして、錦之助は言った。

「ほら、落語を教えてやるって約束」

「あ、でも今日で退院でしょ？　もういいよ、師匠、忙しそうだから」

強がる太一の腕を取り、言う。

「だから、小噺を教えてあげるよ」

「小噺？」

「うん、看護師さんたち絶対大爆笑するやつ」

「ほんと⁉」

「こっちにおいで！」

小児科病棟に設えてあるジュータン張りの「娯楽室」へといざなう。

「そこへ座ってごらん」。正座した錦之助は太一にも座るよう促す。

「談志のお得意の小噺だよ。お医者さんと患者さんとの会話。『先生、私、物忘れが激しいんです』『大変ですね。で、いつからですか』『なんの話ですか？』」

太一は、全身でケラケラ笑う。まさにさっき泣いた烏だ。

「これ、使っていいからね。看護師さんたち笑わせちゃえ」

「笑いってすごいね。なんだか元気が出てきたよ」

口の中で何度もリフレインする太一の頭を優しくなでた。「そう、笑いってすごいんだ。そして、落語はもっとすごいんだ」

太一の目が輝く。

「大きくなったら、俺の落語聴きに来てね」

「うん。いつか正式に師匠と呼ばせてください」

錦之助は太一を軽くハグした。


その半年後――。

「しょうにかびょうとうらくごかい」という題字は井本による筆だった。本人は達筆を自慢しているようだったが、ベテラン看護師たちは「いや、当人が上手いと思っているだけです」とささやいていた。こういう陰口が平然と言える雰囲気も井本の人柄が作ったものだろう。

「どう、師匠！　似合うかな？」

錦之助が看護師や介護士らとベニヤ板を運んで即席高座を作っているところに、着流し姿の太一が満面の笑みを浮かべて現れた。文子が錦之助の前座時代に着込んでいた安いウールの着物を丈詰めして着せたものだった。

「おお、似合うよ」

「俺、落語家になれるかな」

「なれよ！　太一師匠、卒業記念、おめでとう」

錦之助は太一とハイタッチした。

いままでは小さな子たちが退院する度に見送り続けていた太一が今度は初めて見送られる側に立つ。

厚木でピーマンを作る苦労人夫婦が太一の里親になることが決まったのだ。

井本が里親制度に関する書物を何冊も読み、関係する団体に何度も足を運んだ結果出会えた二人だった。朴訥な夫婦は、明るい太一の受け皿になり得るとの確信のような判断だった。

今日はそんな太一の「初小噺披露兼錦之助独演会」だ。優の定期健診に合わせてそんな小さなイベントが企画されることになった。小児科病棟の先生たちの粋な取り計らいだ。娯楽室には井本ら病院側スタッフ、優を抱いた文子、入院している子どもたちとその親、そして太一の新しい両親の姿も見えた。

「俺は、自己紹介と小噺だけですから、あとは師匠がつないでくださいね」

娯楽室の隣の物置が今回の楽屋となった。

娯楽室から出囃子の音が流れる。「前座の上がり」という寄席の開口一番を務める者のＢＧＭだ。

「あの小噺、ウケるかな？」

「ウケるよ！」

「ウケなかったら錦之助のせいだよ」

「呼び捨てかい！」

てへへと笑って太一は錦之助に肘タッチを迫り、高座へと向かう。

彼の笑顔の下に横たわるもののすごさに錦之助はたじろぎながらも、その後ろ姿をまぶしく見つめ、そして心の中でそっと手を合わせた。

第二話　高座の上では魔法使い

「……あの、お客様、昨晩の勘定を、ひとつ、よろしく」

「……勘定、カネかい？　ないよ」

「えっ」

「ゆんべ、ないって言ったろ？」

「ええ、そりゃわかっています。カネを貸してあるお店に行って、お勘定を取ってくるという」

「そうだよ、それそれ、いくらだい？」

「四十二円と四十五銭ということになっていまして」

錦之助は、錦生の十八番の落語「付き馬」を、本人直々に稽古を付けてもらっていた。

「付き馬」は、とんでもない大ウソつきの男の物語だ。ある日吉原の店の前で、店の男に向かって「自分の叔母さんは金貸しをしている大金持ちで、その貸したカネをいま、代わりに取りにきた途中だ」などと言葉を弄し、「いまはカネを持ってきていないが、明日借金を回収しに行くので今晩、ここで遊ばせてくれ。そのカネですべて支払うから」などと言い放ち、一晩大騒ぎする――。

「立川談志のコピー」とまで言われた錦生のきっちりとした口跡が耳に心地いい。世間の「談志に似ているだけ」なんていう悪評はやっかみだよなあ、と錦之助はいつも思う。

「誰がなんと言っても俺は、談志に、そしてこの師匠に惚れたんだ」

錦生の落語を聴く度にその思いをさらに強くする。

錦之助のそんな心模様がきっと錦生にも伝わってしまったからこそ、錦生もますます先鋭化し、談志に近づいていったのだろう。

「……安いよ、四十二円と四十五銭は安い。いいのかい、おい、つぶれねえか、この店？　ほう、祝儀、飲み代、みんな入れてこみこみで、その値？　おれ方々で宣伝するよ、この店は安いって！　タダみてえなもんだ、エライ！……」

「錦生がこうなってしまったのは、錦ちゃんのせいだよ」と周囲からよく言われるセリフに、錦之助はかえって嬉しくなった。

(……男が、男に惚れる。俺は、目の前のこの落語家に、人生を狂わされてしまったんだよな)

心の中で、つぶやいた。

そして、目の前のその落語家も、談志というもう一人の強烈な落語家によって人生を強制的に変えられてしまっていた。

そんな連鎖反応こそが、落語家も、落語界の持つ魔力なのかもしれない。

「付き馬」は騙しの話だが、もしかしたら、人間ってどこかで誰かに上手に騙されたいと願っている生き物なのかもしれない。じゃなきゃ、吉原なんてもうとうの昔になくなってしまっているというのに、そんな背景を持つ落語が、四百年近くたったいまでも、いまだに受け入れられている現実を説明できない。

錦生の語る「付き馬」は後半のラスト近くを語り紡いでゆく。吉原の言葉で借金を取りに行くことを「馬になる」というのだが、借金取りが逆に「馬」を付けられてしまうという逆転現象がこの落語の肝なのだ。

「おい、奴、ナカ(吉原)までこの人の馬になってやれ」

おなじみのオチを言い終わると錦生は、高座での立ち居振る舞いとまったく同じ形でていねいにお辞儀をした。

「ありがとうございました！」

錦之助もそれ以上に頭を下げる。


落語家の稽古は基本、マンツーマンだ。教えてもらう弟子は、そのネタを得意とする師匠に日時を打診し、その師匠の家、もしくは指定された場所に向かい、座布団なしで床に正座する。師匠は着物を着て座布団に正座し、目の前のたった一人の客でもある弟子に向かって一席みっちり語る。師弟の間にはテープレコーダーなどの録音機を置くことが許される。

近頃は住宅事情の関係から、近所のカラオケボックスなどで稽古を付けてもらうこともある。錦之助も他所の一門の真打ちの落語家にそうして稽古を付けてもらった。昔、稽古の途中に店員が無作法に「ウーロン茶、二つお待たせしゃしゃー」と、はっきりしない日本語でしゃべりながら闖入してきたせいで稽古が最初からやり直しになったこともあった。もっとも店員はきちんと仕事をしているのだから闖入という言葉は不適切だろうが。

が、場所や環境は変わっても、基本「一人の演者に一人の観客」という図式でおこなうこのスタイルが連綿と保持されてきているのがなんだか誇らしくさえ思う。

「これ、談志師匠直伝ですか？」

「いや、正確にはな、俺がレコードで覚えちまってさ。談志師匠の独演会の楽屋で『教えてください』って言ったら『勝手に覚えてこいよ。あとで見てやるから』って言われてな」

錦生も六十代半ば、落語家としては脂がのった時期でもある。そういえば、誰かが言っていたっけ。

「落語家の年齢を二で割ったのがプロ野球選手の年齢だ」と。

あながち間違ってはいないと錦之助は思う。

錦生は、プロ野球選手ならばまだ三十代前半の黄金期でもあり、錦之助に至ってはまだ十代後半、テスト生みたいなものだ。そう考えてみると、毎回「青空落語」で悪戦苦闘するのは、ファームみたいなものなのかもしれない。

　錦生の自宅は、西武池袋線大泉学園駅からほど近い分譲マンションだった。前座修業中は、毎日のように訪れたことを錦之助は懐かしく思い出す。書斎で師匠の出ている雑誌の切り抜きをスクラップしたり、トイレやら玄関の掃除など、着物のたたみ方から、太鼓の叩き方なども直に教わってきた。一番弟子の特権だった。無論、気が向いた時に稽古も付けてもらえたものだ。

　若手のころから立川談志にかわいがってもらった錦生は、談志の一軒家のあった練馬は南大泉に吸い寄せられるように自らもその近くに居を構えた。

「このマンションも随分、ガタがきていてな。カミさんとも引っ越そうかと言ってるんだ」

　着物を着換えながら、錦生が言った。

「今度はどのあたりですか？」

「いや、でもな、談志師匠の家の近くっていうのは、いまでも捨てがたくてな」

「……師匠、ほんと談志師匠がお好きなんですね」

「お前ほどじゃないけどな」

錦之助は手際よく着替えを手伝いながら、同時に着物をたたむ。

「踊りも唄もやっているのか？」

「はい、タップまでやり始めました」

「ほう、タップか」

錦生の目が和らぐ。

実は、錦之助がタップに凝ったのも談志の影響からだった。そしてそんな談志の影響を錦生が受けていたことも無論把握していた。

「……食えてるのか」

「はい、これからラジオで落語の仕事です」

「それはなによりだ」

「あ、おかげさまで二人目の男の子が生まれまして」

「働き者だな」

錦生は落語の「町内の若い衆」という落語の一節でお祝いを述べた。

錦之助は傍らの風呂敷包みを開け、どら焼きの箱を差し出す。

錦生は釘付けになった。

「草月のか？」

「はい、黒松です」

ＪＲ京浜東北線東十条駅南口にある草月は小さな駅に似つかわしくないほど行列ができる名店だった。九十年続く老舗だ。そして、店内には「黒松はおいしゅうございます」と墨痕鮮やかだが、どちらかといえば素朴な字で、料理研究家だった故人の直筆の色紙が額縁に入って飾られている。

二つ目になったばかりのころ、赤羽に住む客から差し入れされて以来、甘党の方への進物にはここと決めていた。

「カミさんが好きなんだこれ。あっという間にいつもなくなるぐらいなんだよ」

遠回りした甲斐があったなと錦之助は思った。

「ま、つつがなくやれや」

「つつがなくやれや」は、談志の口癖そのものを真似ている感じがして内心おかしくなる。そしてしてやったりと思った。この世界、師匠よりお内儀さんに気に入られるほうがむしろ大切なのだ。

「あら、錦之助さん、来ていたの？」

男二人の空間にはそぐわないような甘い香りが一瞬漂う。近所にポメラニアンの散歩に行っていた風情で、上下のトレーニングウェア姿で錦生の妻の純子が帰ってきた。

「あ、お内儀さん、ご無沙汰しております」

「少し太ったんじゃない？」

純子は五十代半ばだが、小柄の小悪魔的美人で、十歳は若く見える。楽屋雀（芸人などの裏話に詳しい人たちを指す）曰く、「命がけで、錦生が口説いたんだよ。マンツーマンで落語やったらしいよ」とのことだった。やはり落語家の嫁はみんな「落語」で口説かれるのだろうか。「美女と野獣」という陰口は羨望の裏返しなのだろう。

嬉しいのは、お内儀さんである純子からも「錦之助さん」と敬語で呼ばれていることだった。

落語家に弟子入りするということは、家族の一員になることでもあり、師匠の家族からは呼び捨てにされるのが普通だ。

この流れを変えたのは談志だった。

「俺の弟子になるだけだから、俺の家族とは別物だ」と、談志は家族が弟子の名前を呼ぶ際にもきちんと敬語で呼ばせていた。無論、錦生も踏襲していた。いや、こんな些細なことから徹底してゆけば、従来通りのスタイルを要求する落語協会側とは反りが合わなくなるはずだ。

「あは、幸せ太りかもです」

「おや、自分で言うの、そういうこと」

純子は上目遣いで錦之助を見つめた。どことなく、文子に似ているのかもな、といつも錦之助は思う。

「おい、錦之助から、黒松もらったぞ」

二人の間には子どもがいないせいか、いつまでも恋人同士みたいなのが弟子から見ても微笑ましい。

「うそ、やだ、早く言ってよ、もう」

汗を拭きながら、純子が玄関から中に入ってきた。

「おい、犬、ほったらかしかよ」

「パパがやって」

純子はダイニングに入ると、即座に黒松を見つけて、早くも箱の中から取り出したビニールのパッケージを開けている。

「俺、犬苦手なんだよ」

ぶつくさ言いながら錦生が玄関へと向かう。

「犬じゃないの、ルーク！」

犬は自分が苦手な人間をいち早く察知するのだろう、錦生に敵意すら表し、吠えている。

「こら、ルー公、静かにしやがれ。あ、嚙むな！　悪かった！　ルーさま、ごめんなさい……」

犬に心底手こずる姿と、さきほどの集中した落語を演じている姿とのギャップに、錦之助は萌えた。

「あ、錦之助のところ、二人目生まれたんだってさ」

ルークに主導権を握られたままのリードを手にして、錦生が中に入ってきた。

「あら、おめでとう。じゃあパパ、頑張らなきゃね。またいつでもパパのところに来てね」

二つの「パパ」を使い分けながら純子は、早くも二つ目の黒松を手にした。部屋の中にはほんのりと純子とは別の黒糖の甘い匂いが広がっていた。

サウナ室の前で声が響いた。

「こ、この中ですか？」

「いいだろ、そっちのほうが面白いって」

また水沼の思い付きが出た。良く言えばフットワークが軽いのだが、悪く言えば、無責任、いい加減、その場逃れと、やはりこの男にはマイナス面のほうが多いのかもしれない。

「突撃どこでも落語！」と銘打たれたのはいいが、「極力屋外は避けてもらいたい」と錦之助は訴えていた。落語は、落語家の言葉と手ぶりだけで、お客さんに想像してもらう以上、雑音だらけの屋外での口演は地獄なのだ。

「わかった、わかった、俺に任せて！　悪いようにはしないから」

「悪いようにはしない」という人に限って、必ず悪いようにするものなのかもしれない。

ていねいに、そしてはっきりとお願いしたが、酒の入った打ち上げの席だったせいか、水沼には届いていなかったようだ。

「この前、きちんとお願いしたじゃないですか？　外は嫌です、人数は少なくてもかまわないから、きちんと聴いてくれそうなお客さんの前でやらせてもらいたいと」

「だから、今回は室内だよ。しかも音はしない密室空間。落語をやるにも聴くにも、うってつけだよ。最高！」

「だからと言ってサウナの中って」

ＪＲ川崎駅近くのスーパー銭湯での落語中継と決まった時から正直、嫌な予感はしていた。

「休憩室じゃダメなんですか？」

比較的静かで外部からの音も漏れていない休憩室のほうを指さした。

「やっぱりサウナの中のほうが面白いよ。錦ちゃんのつらくて困っている姿がリスナーに伝わればさ」

傍若無人に水沼が笑う。

「今日はさ、ＡＤの佐野を付けるからさ、煮るなり焼くなりして。サウナだから乾かすなり」

ＡＤの佐野は新卒だったが、局内でも使えない人間として有名な男だった。確か二浪はしたと聞いたが東大卒業なので、ちゃんとしていそうなイメージがあったが、要するに「実生活に役立たない天才タイプ」だった。

最初会った時のインパクトが大きかった。

「あ、錦之助師匠、初めまして！　佐野と言います。これからよろしくお願いします！」

どちらかと言えば無愛想な顔つきで、カミソリ負けだろうか、あごのあたりに大きすぎる絆創膏を貼っていた。

着込まれたギンガムチェックのボタンダウンのシャツはいつ洗ったのかわからない。そこに追い打ちをかけるように格子柄のズボンを穿くようなやつだ。どこか力みながら話す、不器用な物言いに一抹の不安を覚えながらも、真打ち以上に対する呼び方なのよ」

「あ、佐野くん、初めまして。あのさ、師匠っていうのは、真打ち以上に対する呼び方なのよ」

錦之助はさりげなくこの世界の流儀を説明し、訂正した。

「あ、そうだったんですか？　すみません、業界の常識、知らなくて」

これでもかというぐらいに佐野は深く頭を下げた。

「あ、いいよ、そんなに気を遣わなくても」

「ほんとですか？　じゃあ、錦之助って、呼び捨てでいいんですか」

錦之助は、呆れた。

「いや、それはおかしいだろ。『さん』でしょ？　大概」

「すみません、ほんと僕、常識ないんです」

「いや、もうそれ、言わなくてもわかるから」

あの日の上下格子模様のコーディネートを錦之助は思い返していた。

「……で、当の佐野くんは？」

「あいつ、どこ行ったんだろう？」

「すみません、遅くなりまして」

佐野はウインドブレーカー姿で現れた。

「お前、なにその恰好？」

「サウナスーツです」

「いや、サウナスーツってサウナの時に着る服じゃないよ。それ着ていればサウナと同じ効果があるっていう服だぞ」

「そーなんですか？」

水沼は頭を抱えたが、「この二人、お笑いコンビみたいだな」と錦之助は俯瞰で見るように努めることにした。

「……。錦ちゃんは浴衣に着替えてね。熱いけど辛抱して。サウナの中は、たった十分ほどだから。おい、佐野、錦ちゃん着替えたらマイク付けてやって」

「……ちょっと待ってください！　本当に、浴衣着てサウナ室で落語やるんですか？」

錦之助の不安をよそに佐野はなぜか笑い出した。

「大丈夫(だいじょうぶ)です、このマイクは最新式ですから一二〇度以上でも壊(こわ)れません」

「……いや、そういう問題じゃないんだけど」

「え？　どういう問題なんですか」

やはり佐野とは話にならないような気がした。

脱衣所で浴衣というよりは作務衣(さむえ)タイプの館内着に着替え終えると、佐野がやってきた。

「あ、ちょっと待っていて、トイレに行ってくるから」

「早くしてくださいね！」

「……」

自分のやろうとしている仕事にしか目の配れない人間なんだろうか。だから他人には気が遣えないのだ。他人まで気遣うゆとりがないのだ。もし佐野みたいなタイプが落語の世界に入ってきたら小言(こごと)の嵐で前座修業では苦労するだろうなと思った。

不器用な手つきで、佐野は錦之助の胸元にピンマイクを付けようとしていた。やけに時間がかかっている。両者無言状態はとても重荷だ。談志が尊敬し憧れ抜いた紀伊國屋書店創業者の田辺茂一は「人間が二人以上いて無言なのは暗い」とまで言い切っていた。沈黙を消そうと、

「佐野くん、クニはどこなの？」

と聞いた。

「そんなの、日本に決まってるじゃありませんか。ふざけないで、黙っててもらえます！」

（ダメだ、こりゃ）

錦之助はいかりや長介になっていた。

恐ろしくていねいにピンマイクを付けられながら錦之助は「ネタは『強情灸』だな」と決めた。

「強情灸」は、「熱いお灸をガマンし合うバカな男のやせガマン」の短い噺だ。談志の師匠である五代目柳家小さんの十八番であった。

談志は、小さんの得意ネタは基本やらないような感じがした。ま、短い噺だし、やれば無論できるはずなのだが、師匠に対する遠慮なのか、真意のほどは不明だが、あの傍若無人(ぼうじゃくぶじん)なイメージの人の細(こま)やかな心配(こころくば)りの姿勢を錦之助は嗅(か)ぎ取っていた。

佐野に不器用に装着してもらったマイクに軽く触れながら、水沼からはイヤホン越しにキューが出た。

覚悟を決めて室内に入る。熱気が全身を覆(おお)い尽くす。

正面の温度計は九〇度を超えていることを示していた。サウナは決して嫌いではないが、こんな形での入浴は初めての経験だ。

勿論、中でくつろいでいる十名弱ほどの客は今日ここで落語をやるなんていうことは知らされてはいない。

(サウナ以上に暑苦しくさせてやる)。心の中で叫んだ。

「どうもー、ラジオをお聞きのみなさん、こんにちは！　お元気ですか？　ＦＭ神奈川名物と、自分で勝手に呼んでいます『突撃どこでも落語！』今日はＪＲ川崎駅近くにある『いろは湯』さんにお邪魔しています。なんとサウナ室からの中継です！　みなさん、お暑うございます」

階段状に設えられた室内席の、一番下の段に敷いたバスタオルの上に錦之助は正座した。

サウナの室内の温度とは正反対の冷ややかな反応だ。そりゃそうだ。あられもない姿では落語なんかを聴く気分にはなれないもんな。

やはり客が「落語を聴こう」という姿勢になってくれていないと、できない。それほど落語は繊細なものなのだ。

みんな怪訝そうに一瞥をくれただけで、じっとして目を閉じている。

「みなさん、くつろいでますか？」

（くつろぎたいけど、お前がこれから落語をやるならくつろげるはずはないだろ）という心の叫びが聞こえてくる。

――無言。ほとんどが四十～五十代と思しき年代で、一斉に鬱陶しげにビショビショと身体の汗を振り払う仕草をし始めた。

「ははは、反応ありません。サウナだけに無視（蒸し）状態です。では、今日はこの激しい無茶ぶりの最中、こんな状況にうってつけの『強情灸』を熱く語ります！」と言ってネタに入る。

――「強情灸」とは、バカな江戸っ子同士の他愛もない意地の張り合いというか、やせガマンがテーマの落語だ。

男二人が語り合っている。町内にできたお灸の店で、片方の男が猛烈に熱い灸をガマンしていたら、順番を待っているいい女が自分を見つめて、「なんてガマン強い人なんだろう。お嫁に行くのならこういう人のところがいいなあと思っているかもしれない」などと妄想を言い、「まあ、お前なんかは到底耐えられないわなあ」と挑発する。そんなことを言われれば、もう一方の男は、「バカ野郎、冗談じゃねえや。お前ごときに負ける俺じゃねえ」とばかりに腕に山ほどのもぐさを乗せて火をつける。そこから熱さに耐え抜いてゆく――。

語れば語るほど、汗がしたたる。おまけに浴衣まで着ているから余計だ。そしてしゃべりながら気づいたのだが、しゃべる度に口の奥までが極度に乾燥してくる。

これは、想像していた以上にキツイ。浴衣は汗を含んで重くなるから簡単なふりですら苦痛に感じる。

ましてやこの落語は、ストーリーというよりもお灸の熱さに耐え続ける顔の表情で笑わせるような話だから、高熱にさらされてこわばった顔のせいで、表情が作りにくくて難儀する。

やりながら思った。

談志は、弟子の真打ち昇進をめぐる諍いから落語協会を離れたが、師匠の小さんから離れたのではなかったのだろう。エッセイやら独演会のマクラやらで小さんについて触れているが、ペットの甘噛みのような感じがしたものだ。

そんなことを思いながら過酷な現場での「強情灸」が続く。

（聴いてなんかくれないよ、きっと）

自棄になりかけていた。

が――昼間からサウナに来る人は基本、のんびりしている人たちが多いのか、笑い声はほとんどなかったが、かといって邪険にされている感じは受けなかった。

もしかしたら、サウナによくありがちな巨大テレビの代わりに落語を見ているような感覚なのかもしれなかった。

芳しい反応は無論ないが、サウナとお灸と、タイプは違うがともに熱さに耐えるシンパシーからか、露骨に嫌われてはいない空気感を手ごたえとして、オチへと向かう。

「うー、冷たい！」「強情だなあ、石川五右衛門がどうした」

「石川五右衛門はさぞ熱かったろうな」

最後の最後まで、石川五右衛門を引き合いに出して、強がる男のバカバカしさこそこの落語の真骨頂だ。

オチを言い終えると初老の男性の拍手をきっかけに、まばらな拍手が起きた。

「いやあ、『強情灸』、いかがでしたか？　地獄の無茶ぶりはお灸以上の灼熱感漂う、いろは湯さんのサウナ室からでした！　スタジオにマイクをお返しします！」

言い終えると、最初に手を叩いた客が「いや、大変だったね」と声をかけてくれた。幾分打ち解けた気分でほかの客たちと一緒にサウナ室から出ようとした。

（やっと、出られるな。十分以上も入っていたから……）

汗をぬぐったその時だった。

ドアが開くと、サウナスーツのまんま佐野が入ってきて、出ようとする錦之助を押しとどめた
「待ってください！　マイクが」

「いや、俺自分で外すから。水風呂に入れさせてくれ」

「マイクは高いんですよ！」

ほんと話がかみ合わない。

「じゃあ、せめて出ようよ、佐野くん」

聞く耳を持たず佐野はじっくりとマイクを外そうとする。

「僕は大丈夫ですからご心配なく」

「いや、そうじゃなくてさ」

「ああ、よかった。マイクは無事ですね」

簡単には外れないように付けられた防水型のマイクを外すと、佐野は錦之助なんかそこにはいないかのようにとっとと出ていった。

水沼が局所有の中古のアルファードのハンドルを器用に捌く。——鼻歌はお決まりのブルーハーツの『リンダリンダ』だ。

助手席の佐野はTシャツ姿で居眠りをしている。

佐野が大きくくしゃみをした。

「お前さ、なんでさっきはサウナでサウナスーツ着て、ここでは裸に近いんだよ。逆じゃねえか」

「暑かったんですよ！」

「なにキレてるんだよ。答えになってねえじゃねえか」

「後ろの機材の所に着替えは載せてあるんですよ！」

「だから、なんでキレるんだよ！」

水沼は後部座席にいる錦之助にルームミラー越しに話しかけた。

「でも、よかったよ、局内でも評判よかったって、あの無茶ぶりが」

「あ、それなら大変な思いしてやった甲斐がありましたよ」

「そうそう錦ちゃん、落語もよかった、いいよ、今日の『長短』！　いいねえ、気の短い男と気の長い男との会話！　やっぱり古典だよね」

「なに言ってるんですか、失礼ですよ、水沼さん。『長短』じゃありませんよ！」

佐野が遮った。

（……お、こいつは案外落語は詳しいかもな）

「……あれは『火事息子』という落語ですよ」

「……いや、違うって二人とも。『強情灸』っていう落語」

水沼が佐野の頭を軽く小突いた。


やはり、帰宅した途端、一気に疲れが襲ってきた。

「よかったじゃない、サウナにも入れて、疲れも取れて、おカネにもなるんだから」

文子は優に母乳を飲ませながら笑う。

「いや。余計疲れるよ、サウナの中で落語だぜ。神経使うからくたくただよ。おまけにさ、新しく来た新卒の佐野ってやつが、全然使えなくてさ。俺よりもピンマイクのほうに気を遣うようなやつで、参ったよ。周りが全然見えないタイプ」

仕事が早めに終わったせいで、久しぶりに自宅で夕食を摂ることになった。やはり家族団らんこそストレス緩和につながる。

「あら、もしかしたら、その人、昔のあなたに似ているかも」

「バカ、似ていないよ。俺はめちゃ気を遣うタイプだった」

「うそ。隠してもダメ、知っているわよ。あなた、師匠の着物一式入ったバッグ、網棚に置き忘れたことあったでしょ?」

「いや、あれは、すぐに気づいて隣の駅まで取りに行った。落語会のあとだったし、誰にも迷惑はかけてはいない」

「あと、ほら、師匠の家の冷蔵庫の中身、みんな腐らせたこともあったでしょ?」

これは歴史的なしくじりだった。錦生が長期間にわたって純子と結婚二十周年でヨーロッパ旅行に出かけた時だった。

(そんな長い間自宅を空にするのだから、冷蔵庫の霜取りをしておこう。きっと海外からお土産もたくさん買ってくるはずだから)と珍しく気を利かせ、冷蔵庫の中身を取り出し、ドライヤーを使って霜をキレイに落とし、中に入っていた物を元に戻したまではよかったが、最後にコンセントを入れ忘れてしまうというドジを踏んだ。

　錦生は激怒し、破門寸前にまでなったのだが、純子の「あら、中身がなくなってキレイになってよかったじゃない」という天使にしか思えない一言で辛うじて救われた。この話は文子が結婚の挨拶に錦生宅を訪れた際に純子から笑いながら聞かされた。

　文子はスイッチが入り、思い出し笑いが止まらなくなってきた。

「ああ、お腹痛い。あと、師匠を誘導している最中かな、新宿駅で師匠を見失ったり、屋根の掃除をしている時に足を滑らせて落っこちたり、楽屋から出る時に失礼しますと言って押入れの中に入っていったり、日光での落語会に向かう途中で猿に追い回されたり」

　文子は笑いのツボに火がついたようでゲラゲラ笑い出す。

「面白いドジな人でよかったじゃない。神様があなたに反省の機会を与えてくれたのよ、その佐野さんってドジな人を通して」

「……お前はほんとプラス思考すぎるな」

「あなたがマイナスすぎるのよ。ミルク代、ミルク代！」

　ようやく笑い終えた文子は空いているほうの手で駿の食事の世話をする。

「うめぼし、おかか、しゅんくんすき」

駿は出されたおにぎりを美味(おい)しそうにほお張る。

次男の授乳をしながら長男の食事補助ばかりか、こうして亭主の愚痴(ぐち)までも聞くこのマルチタスクぶりの前で、仕事上の弱音は吐(は)けないなといつも思う。

「なんかさ、信じられないドジをリアルにしちゃってもそれが許されるような社会って、いいなって思うな。落語自体がそうじゃない？」

落語をほとんど聴かない文子の説は確かにその通りだった。

談志の落語の定義に「落語は人間の業(ごう)の肯定(こうてい)」というのがある。「人間なんかもともとダメなものさ」という優しいメッセージにも思えた。

「人間眠くなれば寝ちまう。やっちゃいけないことでもやってしまう」

元来人間はダメなものなんだ。そんな「人間の業」を落語は肯定してくれる。

だからドジだらけの錦之助でも、確かに許されてここまで来たのだ。

文子に諭(さと)されると、さっきまでの疲れやら水沼や佐野に対する怒りも収まってくるような気がする。

茶碗に残った白飯にそそくさと急須からお茶を注ぎ、梅干しを乗せて茶漬けにして掻っ込んだ。

美味しそうなものを食べているなという目で駿が見ていた。

「あなた明日は？」

「ほら、律子さんからもらった仕事。担当している患者さんの家で。安い仕事。ほぼボランティア。ま、律子さんにはいろいろ優の出産のお祝いもらったもんな」

「そうそう、大学の時はコピーの手配もしてもらったり、彼女のおかげでわたし、卒業できたようなもんだから」

「恩人か」

「いいじゃない。金額じゃなくて頼まれるってこと。コツコツ積み重ねてゆけば、必ず誰かは見ていてくれるはずよ。コツコツ！」

「コツコツか」

「そう、コツコツコツコツ」

「何事もコツコツコツコツコツ」

コツコツ、コツコツ。

錦之助自身、まだ二つ目だ。前座を終えて芽が出てやっと花が咲きかけたばかりの状態か。ここからさらにコツコツと積み重ねてゆくことで、真打ちという実になってゆく。

長く、切なく、厳しい戦いなのだ。コツコツコツコツとはそんな不器用な彼の人生を象徴するリズムなのかもしれない。

でも、もう前座のあのころとは違う。錦之助の目の前には、三人の心強い味方がいる。

「そういえば、コツコツってなんだかタップの音みたいね」

「タップか、確かに」

「そうコツコツ、コツコツ。タップにしろ落語にしろ、気の遠くなるようなコツコツで作られているのかもね」

錦之助と文子がコツコツ言い出すと、駿が乗ってきてテーブルを叩き始めた。

「こつこつこつこつこつ！」

駿がさらに楽しそうにつぶやきながらテーブルを一際大きく叩くと、食器が下に落ちた。おにぎりやら、梅干し、ウィンナー、カレー、ブロッコリーが床一面に世界地図を描いた。

「やだっ！」

文子は慌てて落ちた食べ物を拾い始めて、錦之助は流しに布巾を取りに行く。

「なにやってくれるんだよ！」

「怒っちゃいけないって！　ねえ、しゅん、コツコツってやりたくなるよねえ、楽しそうだもんね」

「まったくもう！」

錦之助が軽く駿を睨むと、幼心ながら責任を感じたのか、長い間合いのあと、泣き始めた。

「だから怒っちゃいけないって！　ねえ、しゅん、パパこわいよね」

夫婦の大声、そして駿の泣き声に驚いて、今度はびっくりした優が大声で泣き始めた。

律子は文子の学生時代からの友人で、大手広告代理店に勤めていた深窓の令嬢(じょう)だったのだが、父親をガンで亡くしたあとに一念発起(いちねんほっき)して看護大学に行った変わり種(だね)の頑張り屋だった。私立の看護学部のある大学は学費も結構な額だったが、思い込んだら一直線タイプの彼女は、すべて自分の貯金でなんとか賄(まかな)い、四年間で卒業した。しかも受け持つことになったのが「終末医療」。「緩和ケア」ということで、「死を受け入れた患者さんたちの精神的フォロー」を主な仕事にしていた。

「末期ガンの患者さんのお宅で落語をやってもらえないか」という依頼を文子経由で律子から受けた錦之助は二つ返事でＯＫした。

「でもなんで、大企業をやめて看護師さんになったんだろう。いや、無論、大手広告代理店のほうが上で看護師さんのほうが下とか、あるいはその逆っていうわけでもないけどさ」

文子は笑う。

「その言葉、あなたにそっくり返したいな」

「あ、そっか」

錦之助も会社をやめて落語家になった時、同じような質問ばかりで責め立てられ、辟易したものだった。

「昔から、責任感強くてね、あの子。これ、律ちゃんには内緒ね。十年ぐらい前かな、お父さんがガンになっちゃった時に、家族は、病名を正直に打ち明けなかったんだって。聞いたらショックだろうってことで。で、結果ガンだと知らせずにお父さんを死なせてしまうことになって」

「……」

「……もし、きちんとガンと向き合ってみんなでお父さんの心の負担を分散し合っていれば、思い残すこととか後悔とかも少ない形で見送ることができたのかもって。それで、自分のような気持ちを抱えている人はきっと多いはずだからそんな人たちに寄り添いたいという気持ちが募っていって、看護師の道に入ったんだってさ」

「ガッツあるんだなあ」

「わたしなんか絶対無理」

「お前もガッツはあるよ」

文子は「そうかしら」と首を傾げた。

翌日、都営地下鉄の森下駅の待ち合わせ場所に現れた律子は、かつてより幾分ふっくらしたように見えた。

「安いお仕事でごめんなさいね」

「いいんですよ暇ですから。何事もコツコツ行くタイプです」

「文ちゃんとは正反対のキャラなんですね」

律子は豪快に笑った。

久留米のお堅いサラリーマン家庭の出で、芸人の妻になった文子とは同じ匂いがする。

錦生しかり、自分しかり、落語家の周囲にはほんと、しっかり者の女性がなぜか集う。

そもそも落語は「ダメな亭主にしっかり者の女房」という設定で出来ている噺が多い。談志も基本フェミニストだった。「この世の中、男が勝手に作ってダメになった社会だから、立て直すのは女だろうな」と口癖のように言っていたそうだ。

「歩きながらお話ししましょ」と、律子は錦之助の先を行く。

森下は下町の匂いがして、落語の背景と馴染むような感じがした。

この近くには、明治三十年から続く桜鍋、いわゆる馬肉料理の専門店「みの家」がある。

一度だけ、サラリーマン時代の上司に久しぶりに会った時連れていってもらったことがある。あれは前座のころか、お世話になったかつての上司と、たまたま両国駅でばったり会い盛り上がって急遽出かけた店だったが、風情のある店のたたずまい、味噌だれと絡んだ馬肉も柔らかくてとてもジューシーで、そしてなにより積もる話も山ほどあって、楽しい思い出しかない。匂いと味覚は確実に町の風景を規定するものだ。

錦之助も結構速足だが、律子はそれ以上だった。やや遅れ気味なのを気遣い、

「看護師って体力勝負なの。それにしても重たそうなバッグですね」

「ああ、でも、これコンパクトでしょ」

背にしていた着物が一式入った黒いリュックタイプのバッグを、律子のほうに

向けた。

「工藤さんという方なんだけど、この森下でずっと鉄工所を経営されてきた人なの。出身は山形は寒河江。とにかく真面目で生一本の人。高校を卒業してから親類の伝手を頼って住み込みで働き始めたの。真面目だから、住み込みで働いていた鉄工場の社長に見込まれて、その娘さんと結婚して、さらにはマニシング加工の名人クラスになって」

「マニシング加工？」

「マニシングセンタと言われる工作機械を使って、金属を削ったり彫ったりする技術のことなの。私もよくわからないけど。いまやアメリカのゼネラルモーターズの部品も作っているんですって。で、仕事もたくさん舞い込んで忙しくしていたのね。そのせいかずっと健康診断も行かずにきちゃって、体調が悪くなって病院に駆け込んだらもうすでに末期の肝臓ガンだったのよ。まだそんな年でもないのに」

「……」

「本人はもう長くないってことを案外ゆるやかに受け入れてくれて、私が緩和ケアを担当させてもらうことになったの」

「在宅ホスピスみたいな感じかな」

「そうそう。だから、痛み止めのモルヒネなんかもきちんと使うの。あとは工藤さん本人だけじゃなく、奥さんと娘さんの、身体だけではない心の痛みを取るためのサポートが、いまの私の仕事」

　律子の目には芯の強さが見えた。

「俺には耐えられない現場だな」と錦之助は幾分たじろいだ。

「で、最後に落語っていうわけなんですね？」

「ええ。『なにか思い残していることは』って聞いたら、照れくさそうに、奥さんと結婚したばかりのころ、ラジオで聴いた落語で二人で大笑いしたことを思い出して、『俺さ、いままで生で落語を聴いたことなかったんだよなあ。人生の最後に落語を聴きたいな』って近頃言い出して。それで文ちゃんに無理を言っちゃって」

　錦之助は言葉を失った。

「落語も知らずに命を終えようとしている人の過酷な人生」を錦之助は想像し

た。脇目も振らずに仕事一筋で来た人なんだと思うと、館林でプラスチック工場を営む父親の姿と重なる。

(……勉から聞いたけど、親父、確か心臓のアブレーション手術、受けていたんだよな。あいつは「大した手術じゃないみたいだよ」って言っていたけど。明日にでも久しぶりに電話してみるかな)

ふと空を見上げて錦之助は言った。

「……でも、工藤さんさあ」

律子が振り返る。

「人生で最初で最後の生の落語が俺でいいんですかねえ」

「文ちゃん、『コタツさえあれば高座になるから』って言うもんだから甘えちゃって。あ、もうすべてを受け入れている人たちだから、なに言っても大丈夫。がんがん笑わせちゃって」

錦之助もつられて笑う。

「工藤鉄工所」という白地に黒字の、錆の目立つ看板の角を曲がり、一階が工場で、二階が自宅兼事務所というコンパクトな造りの中を律子は通い慣れた様子で錦之助を案内する。

パーテーションの奥で素早(すばや)く着替えを終え、次の間に控(ひか)える。ここに来るまでの道すがら打ち合わせしたのだが、CDデッキから出囃子(でばやし)が鳴ったら、錦之助は次の間から出てゆくことになった。

それまでは誰とも会わない形でのサプライズ的な登場のほうが場はきっと盛り上がるだろうという判断からだ。律子の軽い紹介のあと、CDデッキから出囃子が流れる。高田浩吉(たかだこうきち)の「大江戸出世小唄(こうた)」が錦之助の出囃子だ。

「♪土手の柳は風まかせ～好きなあの子は口まかせ～」

軽快なリズムに乗り襖(ふすま)をガバッと開ける。さすが他人様(ひと)の命を預かる職業柄か、律子は手際がいい。コタツの上に置かれた座布団に座る。拍手の音で頭を上げると、目の前に工藤の姿が見えた。

六十代半ばぐらいだろうか。律子からの前情報で想像していたよりはずっと元気そうに見える。グレーのノーブランドの胸ポケット付き長袖のポロシャツ姿が、おしゃれも知らずに仕事一筋でここまで来た真っ正直な半生を想像させる。隣にいるのは妻と一人娘と察する。お多福みたいだ。奥さんは六十代前半、娘は三十代か。それにしてもお多福に似ている。

――そこからいじろうか。

「工藤さーん、初めまして。山水亭錦之助でございます。しかし、目の前にはこんなによく似た奥さんと娘さんが」

母娘が爆笑する。

「まるで同一人物みたいですね。いやあ金太郎飴ですな！　工藤さん、間違えませんか」

工藤も笑みを浮かべた。妻と娘も笑顔を見合わせている。

「今日は律子さんからのご紹介でこちらにお邪魔しました。私、こう見えても実はめちゃくちゃ忙しいんですよ。今日こちらで落語をやらせていただいたあと、NHKに行かなきゃいけないんです」

律子も、妻と娘も、工藤も驚いて固唾を呑んでいる。

「……で、NHKのあと、TBSに行って、それからテレビ朝日、その間に雑誌の取材を受けて、フジテレビを回るという……目の回るようなスケジュールをこなすような芸人に一日も早くなりたいなと思っています」

居合わせた全員が大笑いした。

「ここにいる律子さんとうちのカミさんが昔から仲良しでして。律子さんから連絡来たんですな。律子さん、『私、終末医療の担当看護師なの』って言うんですよ。私はてっきり『ああ、土日だけ看護師さんやってるのね』って聞き返したら、『そっちの週末じゃないって』と」

娘は手を叩いて笑う。妻は工藤を優しく見つめ、工藤も頷いたところで、お侍（さむらい）に小便を飲ませようとする「禁酒番屋（きんしゅばんや）」という落語へ入った。

『大好きなお酒も飲めなくなっちゃった社長なの。もう一度元気になったら跡（あと）を継ぐことになった娘さんと飲みたいって言っていた』

律子の話が頭に浮かんできたせいだろう。

「禁酒番屋」は鉄板（てっぱん）の古典落語である。これもまた談志の師匠である五代目柳家小さんの得意ネタだった。

——ある藩の家中の者同士、普段は大変仲がいいのだが、酒が入り口論から刃傷沙汰になる。

片方が相手を斬り伏せ、小屋に戻り寝てしまうが、あくる朝目を覚まして、血刀を見て反省し、自害する。酒のせいで家来を二人も失ったお殿様が、家中に「禁酒！」を言い渡す。その藩では一切酒が飲めなくなるのだが、日にちが経ち規律が緩んできて家来が酔っ払って帰ってくる有様。これが殿様に発覚したら一大事と、重役たちが相談し、屋敷へ帰ってくる者、持ち込まれる品々はいちいち調べるという「禁酒番屋」を入り口に設けることになる。

さて、そんなある日、近藤という侍が付近の酒屋を訪れて二升飲み干し、「三升目は自分の家で飲むから一升持ってこい」と言って帰ってゆく。番屋の役人に見つからないように二人目の酒屋の者が菓子屋に扮して、「カステラ」と偽って菓子箱の中に酒の入った徳利を入れ持参するがバレてしまう——。

語りながら工藤に目をやると、声には出さないが穏やかな笑みを浮かべている。対して妻と娘は相変わらず元気よく笑っている。

——「かような徳利に入るカステラがこの世にあるのか？」

「それ、今度手前どもで出しました、水カステラです」

妻と娘は顔を見合わせて確かめるように微笑み合う。この落語の最初のツボの部分だ。

錦之助は手ごたえを感じた。

――菓子屋作戦は失敗し、二人目の油屋作戦も失敗し、番屋の役人に酒をとりあげられ、飲まれてしまう。

ならば三人目は中身を、いままでのようにカステラとか油などとウソをつかずに、最初から「小便です」と言って本物の小便を徳利に入れて持って行き番屋の役人に意趣返しをしようということになった――。

妻と娘は、侍が小便の入った湯飲みに顔を近づける場面で涙を流して笑っている。工藤は声にこそ出さないが優しい笑みを湛えて、喜ぶ二人を脇目に見ている体だった。

「……この正直者め」というオチを言い終えると律子を含めた四人の歓声がMAXになった。

やはり、落語家の性として、本当に心からときめくのはギャラの大小ではなく、お客さんのウケなのだ。そんな爆笑とギャラとが釣り合えば嬉しいのだが、チグハグなのが悩ましいんだよなと、手ごたえを感じながらも錦之助は思った。

（ライフワークは目の前のこういうお客さんたちで、ライスワークは、水沼の持ってくるような『青空落語』なのかもしれないな）

（花から実へとつなげてゆこうか、コツコツコツコツ）

隣の部屋で着替えながら、心の中でそうつぶやいた。

今日の落語の余韻に浸っている工藤家のあたたかな匂いを感じていると、リュックに額から汗がひとしずく、落ちた。


翌日、錦之助は、久しぶりの休みということもあり、前からずっと行きたかったあらかわ遊園に家族みんなで出かけた。ここは、カネのない前座時代に福岡から上京してきた文子との行きつけのデート場所だった。自宅のある横浜からは幾分遠出にもなるが駿が電車に乗るのがとても好きなのと、ここしばらくずっと続いていた仕事からの解放の意味もあって、文子も珍しく賛成したのだ。なにしろ、入園料が百円～二百円程度の安さは苦しい生活ながら幼い子どもを二人も抱える若手芸人には懐具合からして嬉しかった。

「ちんちんでんしゃ、かわいい」

　ここに来るまでに乗った路面電車に、駿がことのほか興味を示した。握る手が当時の文子から、いまの駿へと変わった時間の流れを考えるだけでも愛おしくなる。

　駿に自分の人差し指を摑ませながら、園内を回っていると、文子と初めてここに来た時のことが脳内にプレイバックしてきた。「日本一遅い」というキャッチフレーズのジェットコースター、昭和そのもののメリーゴーラウンド、地上五メートルのところをただ自転車で走るだけのスカイサイクル。昔とまったく代わり映えのしない同じ景色だが、当時を思い出すとなぜかセピア色にも見えてくる。あのボロボロの観覧車の中で文子にキスをするのが毎回おなじみだった。

「……あら、ホント。たまにはうちの人、役に立つのねえ。……うん、それならいつでも声をかけて。ほんと暇なんだから。久しぶりに律ちゃんの声も聞けてよかった。うん、じゃあまたね。元気でね」

　携帯を切り、優を乗せたベビーカーを押しながら文子が錦之助の後を追う。

「ちょっと、待ってよ。あなた、律ちゃん大喜び。工藤さんもすごいよかったって喜んでいるって」

「見直した？」

錦之助は自慢げに文子のほうを振り向いた。

「さっき、『工藤です』って電話が来た。よく笑う明るい家族だよ。あの分じゃまだ当分大丈夫じゃないかなあ、工藤さん」

「それが」

文子は言葉を詰まらせた。

「律ちゃん曰く、工藤さんて方、腹水（ふくすい）も膨（ふく）れ上がっているからいつ亡くなってもおかしくない状況なんだって」

「……」

「律ちゃん、毎日そんな現場で働いているのね」

「……また呼んでよって言っておいて。いつでも行くから。どうせ暇なんだし」

「パパ、おしっこ」

「あ、こっちこっち」

慌てて、トイレの方角を確認して駿を誘導した。

一か月後、工藤が亡くなった。

その知らせは、律子からの電話だった。淡々と冷静に状況説明をする律子の電話越しの語り口はプロそのものだなと錦之助は感心した。

（俺の落語を最後に、天国に行っちゃったのか。あんなんでよかったのかな）

「本当にもらっちゃっていいんですか？」

千佐子（ちさこ）という差出人メールがパソコンのほうに来た時、一瞬誰だかわからなかったが、「工藤の娘です」「お暇な時にまたぜひ来てほしい」と続く文面に従い、錦之助はやってきた。

「マジですか？　信じられないな」

目の前のブツのきらめきは、たじろぐほどだった。

「父も、落語会の翌日かな、錦之助さんにならあげてもいいって言ってましたんで。背格好も同じぐらいですし」

工藤家の和室は主がいなくなった寂しさに覆われているような気がした。千佐子の明るさが唯一の光のようでもある。

千佐子の母は、工場継続に向けて、資金繰りなどで、方々走り回っているとのことだった。

下の工場からは機械音がこぼれてくる。時折飛び交う言語はベトナム語だろうか。笑い声が混じっているのが経営者の人柄を想起させる。

錦之助の前には男物の「御召縮緬」の着物が置かれていた。師匠クラスでも持っていない高級品だ。薄い黄金色に輝く逸品は徳川家にも好まれたシロモノで、どう見ても新品だ。

「いやあ、こんなにいい着物だったらこっちから身体のサイズを合わせますよ」

千佐子が笑う。「父の親せきが米沢で呉服屋をやっていて『これ着て夫婦で歌舞伎でも観に行きなよ』って。でも、結婚記念日に送ってもらったままなんですよ。ほんと仕事一筋の父でした。母は『お父さんの結婚相手って私じゃなくて仕事だったのかもね』って葬儀の時に言っていましたっけ」

家族だけで密やかに葬儀をおこなったという。にこやかな千佐子の表情の裏側に強い覚悟を感じた。

樟脳の穏やかな香りが広がる。落語会で笑っていたような時とは明らかに違う彼女の低いトーンの声を聞いていると、錦之助はなぜか、とてつもない無力感に襲われた。

「僕たち落語家は、ほんと、いてもいなくてもいい存在なんですよね」

「……どういうことですか？」

「律子さんは、お父さんをガンで亡くした際に芽生えた後悔からいまの仕事に就いたと聞きました。千佐子さんも、工藤さんの遺志を継いで仕事を受け継いでいこうとしています。きちんと社会とリンクして社会にきちんと還元しようとしているじゃありませんか。それに比べたら、僕たちは社会なんてそもそも考えたことすらなくて、ただ好き勝手にやってきただけですもん。甘いですよね」

千佐子がこちらに向き直った。

「律子さんみたいな医療現場の人や千佐子さんたちと比べちゃうと、ほんといい加減だなって思いますよ。いや、そんなふうにいい加減だから、なにもできない立場なんですよ。彼女たちのお仕事や、それから千佐子さんみたいなお仕事って世間で必要とされているけど、僕たちの仕事はいますぐなくなったとしても誰も困りませんから。困るのは当の落語家ぐらいなもんですよ。それに自分の替りなんていくらでもいますから」

自嘲気味に言ったが本心だった。必死にやっている「青空落語」しかり。頑張ってはいるけれども、自分のコーナーがなくなっても別のコーナーが始まるだけだ。まして、落語家の数は東西合わせて千人にも増えた。替りなんかいくらでもいるのだから。

千佐子は、何かを言おうとしたが、話の接ぎ穂をなくしたかのように黙っている。

「……」

沈黙を破るように千佐子が口を開いた。

「いいえ、そんなことはないと思います！　錦之助さんの替りなんていません！」

そこには、二人きりの空間には場違いな強い響きがこもっていた。

「あ、いや、ごめんなさい。つい大きな声になっちゃって」

ペコりと頭を下げ、言葉を選びながら話し始めた。

「……錦之助さん、あの時、錦之助さんが父に語ってくれた三十分間の意味、わかっています？」

「……？」

「錦之助さんにとっては落語を一席語った短い時間だったのでしょうけど、父にしてみれば、自分が末期ガンだっていうことを忘れさせてくれたとても大切な三十分間だったんです。いつも病気であること、いつ死ぬかわからないこと、この先どうなるのかの不安を意識しなきゃいけない日々の中で、あの三十分間はかけがえのないひとときだったんです！　あの日あの時の落語は、錦之助さんじゃなきゃできなかったことなんです。だから替りなんか絶対いません！」

千佐子の目にはうっすらと涙が浮かんでいた。

「それって、お医者さんの薬とかでは絶対できないことなんだなあって思います。あの日の夜、父が寝たあとに母と、『お父さんのあんなに微笑んだ顔、久しぶりに見たよね』『落語ってすごいよね』『お父さんと一緒にいつか落語を聴きに行きたいねっていう夢を錦之助さんが最後にかなえてくれたね』って泣きながら話したんです。母も父の世話とかで疲れていたし、私もこの工場の跡を継ぐとか、いろいろ銀行や取引先とも打ち合わせがある中で、慣れないことだらけで大変だったんですが、あの日の錦之助さんの落語をきっかけに、心から母とも話すことができたんです。錦之助さんの替りなんて絶対にいませんから。錦之助さんは気づいていないかもしれませんが、私は、落語って魔法じゃないかって思っているんですよ。明日死んじゃうかもしれない人に、『笑い』という魔法をかけてひとときでも元気にするなんて、すごすぎます。そんな魔法のおかげで父は安心したような表情を浮かべて旅立っていけました。落語のおかげなんです」

(俺が、魔法使いで、落語が魔法)

錦之助は涙をこらえて、ふと虚空を見つめた。そうかもしれない。

お世辞にもイケメンとは言えない落語家が「紺屋高尾」という絶世の美女が出てくる落語を口演しても、その世界にきっちりとお客様をいざなうことができるものだし、「疝気の虫」では「病原体」にもなるし、「芝浜」では結婚していない若い学生にだって「夫婦っていいなあ」と思わせてしまう。「ぞろぞろ」では神様にもなれる。映像や音響も照明も使わないのに。言葉と顔の表情、そして手ぶりだけなのに。

「落語は魔法、落語家は魔法使い」。気づいていないのは当の落語家たちかもしれない。いい言葉だ。

「売れる」とかよりも、自分よりつらい環境にいるかもしれないお客様たちに、こんな素敵な魔法をかけられる魔法使いになれたら、いいなあ。錦生も、談志もみんな立派なイリュージョニストだ。

　弟子たちは、そんな憧れた魔術師に魅惑され、人生の羅針盤を狂わされて弟子入りする。そしてそこで前座として修業するということは、とても厳しく苦痛すら伴うはずのものなのだが、魔法が効いているから、痛みとして感知しないのかもしれない。だからどんなに罵倒されても耐えられるのだろう。談志が晩年盛んに唱えていた「落語はイリュージョン」というのもそこにつながるのではと、錦之助は思った。

「……そうですよね、寄席では代わりに出る芸人のことを代演と言いますけど、俺の替りはいないって思わなきゃ、呼んでくれた人に対して失礼ですよね」

洟をすすりながら言った。

「……あ、生意気言っちゃったかもしれません。ごめんなさい、不愉快な気持ちになっちゃいましたか？　父には小さいころから『お前はいつも一言多い！』って怒られていました」

深々と頭を下げた。

「いえいえ、そんなことはありません。なんだか新しい目標が出来たような気持ちになれました。ありがとうございます。千佐子さんが僕に魔法をかけてくれましたよ」

千佐子はきょとんとしている。

錦之助も負けじとていねいに頭を下げた。

（もっと上手い魔法使いにならなきゃ）

「お、ちょうどいい！」

「あら、似合う！」

文子が珍しく誉め言葉を発した。

工藤家で見た時よりもやはり鏡越しに自分が羽織っている姿のほうが見栄えが

いい。着物は誰かに着てもらってこそ真価(しんか)を発揮するのだろう。着物自体が喜んでいるようで一段と光っているような気がする。

錦之助は工藤家からもらった御召縮緬の着物に袖を通し、いくつかポーズを取ってみた。そして本来これを着るはずだった人の一途(いちず)で武骨(ぶこつ)な人生に心の中でそっと合掌(がっしょう)した。

「よかったわね、こんな素敵(すてき)なものまでもらえて。やはり仕事はおカネじゃないのよ」

錦之助は頷いた。

「……あなたの替りはいないって、その娘さんの言葉、素敵ね」

「若いわりに、苦労を重ねた人だからこそ、そんな言葉が出るんだよな」

錦之助は大切に着物を脱ぎ、そして普段着ている着物の数十倍のていねいさを込めて、たたみ始めた。

「やっぱり人間、苦労しなきゃダメなのかもね。あなたがあれほど苦労していた前座修業って、人工的に苦労を認識する期間だったのかもよ」

「人工的か」

「そうよ、師匠からの無茶ぶりとか下働きとか、人工的で強制的ではあるけれども、人間の陰の部分をわきまえないとお客さんを納得させる落語なんてできやしないんじゃないかな」

「なるほど」

「だから、あなたが前座修業で手間とか年数がかかったのは、きっと意味のあることだと思う。決してマイナスじゃない」

「お前、うまいこと言うなあ」

「だって、ほら、わたしも苦労しているから」

確かに、錦之助の稼ぎでなんとか暮らしていけているとはいえ、経済的にはカツカツ状態だ。いや、大変なのは経済的な環境ばかりだけではない。錦之助が地方の落語会で何日か不在の際には文子はワンオペとなる育児を抱えている。かわいい怪獣はオトナと違って言うことなんかまず聞かない。ましてや親や親せきは九州にいる。

文子のほうがはるかに自分より苦労している。

「俺だって前座時代にあの厳しい師匠の下で耐えてきたんだぜ」

「いや、耐えたのはきっと師匠のほうよ。大事な冷蔵庫の中身を腐らせてしまうようなドジな弟子なんだもん」

茶目っ気たっぷりに錦之助を見つめる。

「……それはその通りで、返す言葉もねえよ」

「あ、しゅん、ママとお風呂入らない？」

子ども部屋のほうに話しかけると、

「パパと、はいる！」

という駿の声が聞こえた。

錦之助は文子に向かってガッツポーズを取った。

「やったあ、ちんちんついている者同士！　俺の替りはいない！」

「パパ、まほうちゅかいなの？」

「そうだよ、パパは、ほんとうはまほうちゅかいなんだよ」

駿を抱っこしながらの入浴は日頃のストレス逓減（ていげん）そのものだった。世間的には花は咲きかけてはいるが、まだ実にはならない立場の若手の落語家だが、家庭内

における この居場所だけは自分だけのものだ。

「ほんと?」

「ほんとだよ。あ、あんなところにアイスクリームが」

「どこ」

空気を掴むふりをして慌てて錦之助は飲み込む。

「ああ、美味しいバニラでした!」

「ぼくも食べたい」

「しゅん、このままほうは頭のいい子にしか食べられないんだ」

まっすぐな駿の瞳が真剣に錦之助を見つめる。

「じゃあ、こんどはスイカだ」

「わー、スイカ?」

「ほら。わー!」

と、駿の手に渡る前に錦之助が食べるふりをする。

「ごめん。パパがみんな食べちゃったー」

「ずるいずるい」

「あー、こんどはそばだ」

「ぼく、おそばすき！」

高座でいつもやっている「そばを手繰るふり」をする。

「しゅん、こんどはおうどんだよ」

「しゅんくんもたべる！」

うどんをすする音を立てる。

シー、ズー、と音が浴室内に響き渡る。

「……うどんも、そばもおなじ音だよ」

二人で笑い合う。

「ねえ、いつまで入ってるの？　長すぎ！」

文子の幾分やきもち混じりの声がした。

あの日以来「一期一会」という言葉を錦之助はかみしめている。錦生に稽古を付けてもらった「付き馬」もそろそろセリフは頭に入ってきた。自室で稽古をする際にも、「かったりいな」と思う時でもこの言葉をつぶやくと不思議に気合が入るような気にすらなる。

「もしかしたら、自分の語る落語が最後になるお客様もいるかもしれない」と思うと下手なことはやってられないなと思う。

(よし、もう一度稽古、稽古)

座布団に座り直し、もう一度さらう。

壁には、駿の描いた「まほうつかいのパパ」の絵が窓からの月明りを受けて光っていた。

第三話　花は咲けども噺せども

「売れるには、全国区のテレビへの露出！」

出てみたかった。やはり一度は売れてみたい。館林の両親にも、また久留米に住む文子の両親にも、自分の存在を見せつけたい。悲しいかな、いまはまだローカルレベルでの知名度だ。

恐らく横浜のマンションの住人は、錦之助が落語家であるということをほとんど知らないだろう。それがとても悔しく感じていた。

そんな錦之助にテレビ番組出演のオーディション依頼が回ってきたのは、五月の終わりのころだった。

数年前、埼玉県警からの依頼があり交通安全週間のキャンペーンで、YouTubeに載せるための新作落語を作ったことがあった。

五分ほどの内容で、『森のくまさん』の歌に合わせて、「手を挙げて横断歩道を渡りましょう」ということを、くまさんを主人公に子どもにもわかりやすく訴えた簡単な新作落語だったが、そこで知り合った人の好さそうなフリーのディレクターからのショートメッセージだった。

「全国ネットのテレビの番組の中で新聞の夕刊を読むコーナーなんですが、オーディション、受けてみませんか？」

「ぜひお願いします」

勿論、二つ返事に決まっていた。

落語家は基本、芸能事務所には所属していない。無論(むろん)、大手プロダクションに所属する落語家もいるにはいるが、率で言うと圧倒的に少ない。

要するに、芸能事務所に所属するお笑いタレントが「ポップス」ならば、フリーで一本独鈷(いっぽんどっこ)でやる落語家は「スタンダードジャズ」と、ほぼ同じような位置づけである。

一言で言ってしまえば、「テレビに出なくても仕事が生まれやすい環境(かんきょう)に生きている」という感じか。

ここがまた落語家の微妙(びみょう)なところでもある。

テレビで売れている落語家は、落語で勝負するべきだなどと言われることが多く、反対に落語のみに集中しようとする落語家は「早くテレビに出られるようになってね」などと、特に地方を回っている際に言われることが多い。

同じ伝統芸能でも、家柄と格式がありそうな歌舞伎役者や、またテレビに出ているお笑い芸人などとは違って、大衆からいろいろなことが「言われやすい」位置にいるのが落語家なのだ。

文子ならそれを、「親しみやすいところにいるのよ」と一言で片づけるだろうが。

錦之助は、迷っていた。

やはり、売れたい。そして、落語でも認められたい。まだつぼみではあるが、次は大きな花を咲かせて、さらにはたわわな実も付けたい。

小湊（こみなと）という名前のディレクターだったが、名前の通り小柄だがかなり発想は豊かだった。撮影の空き時間に「世界中の蟻（あり）の総重量は人類と同じだ」みたいな面白い（おもしろい）博識（はくしき）がどんどん出てきたものだ。

彼からのメッセージを読み終え、小湊と会った日、休憩中に、弁当を食べながら、「大手の事務所に入ってないので、メジャーのテレビ局からはお声がかからないっすよね」と半分同情を引くような言い方をしていたことを錦之助は思い出す。

そんな哀れな売れない落語家の言葉をきちんと頭の片隅に置いておいてくれた優しさに、まずは嬉しくなった。

「あら、よかったじゃない。一生懸命やっていれば必ず誰かは見ていてくれるのよ」

つかまり立ちをするようになった優を両手で支えながら文子が言った。一歳過ぎの乳幼児の成長は著しい。

「でもさ」

錦之助は快く受けるとは答えはしたが、だんだん沈んだ気持ちになっていった。

「なによ、なんか浮かない顔」

長いこと一緒にいると、単語だけで気持ちがわかってしまう。

「いやあ、やっぱりよく考えてみるとさ、こういうのって、結構、出来レースって聞くんだよな。噛ませ犬みたいになるのは嫌だな」

噛ませ犬とは、本来は闘犬界の用語である。「自信のない犬に弱い犬をあてがい自信をつけさせる」というような意味であるが、この言葉を世間一般に知らしめたのはプロレスの試合だ。

昭和の終わり近くのころか、藤波辰巳（現・辰爾）と長州力との試合において当時格下扱いだった長州が藤波に言い放ってセンセーショナルな話題になった。

「なにそれ？」

「要するに、当て馬」

「当て馬？　ますますわからない」

「だから、そのオーディションは実は茶番で、最初からすでに誰が選ばれるか決まっている場合があるってこと」

「それでもいいじゃない？　あなたいままでずっとオーディションにすら声掛けしてもらったことなかったんだから。負け犬でも種馬でも参加すべき。わかんないわよ、何が起きるか」

両方とも言い間違えていることを文子はまったく気にしない。

「また苦労が増えるだけかもな」

「苦労を経験に置き換えればいいだけじゃない」

文子は、名言大王だ。

「ね、ゆうはえらいもんね。ころびながらも前に向かってあるくんだもんね」

優は文子に向かってニッと笑った。

思わず錦之助の表情も緩(ゆる)む。

たどたどしくも、立ち上がっては、文子の手を目指して、転びながら、懸命に歩こうとする。

「パパも、ゆうとおなじよねえ」

そうかもしれない。

俺はまだ二つ目。遠いはるかな落語の道を歩き始めたよちよち歩きにすぎない。

優の健気(けなげ)な姿に、錦之助は自分の不器用(ぶきよう)な芸人人生を重ね合わせていた。

テレビ局のオーディション会場は参加者であふれていた。いずれも事務所に所属している若手お笑い芸人や、タレント風の若者たちだった。

総勢百人以上はいるその若者たちは、明らかに錦之助より年齢もキャリアも下という雰囲気(ふんいき)だった。オーディションまでの待ち時間に同世代のマネージャーらと楽しげにスケジュール調整したりなどする姿には距離感しか感じなかった。

錦之助がたった一人で着物姿で挑んだのも、周囲から浮いていた理由でもあった。

「誰だよ、あいつ」

「なんだよ、落語家かよ」

そんな声が聞こえる。いや、着物だけではない。そしていまのこの場所だけではない。

基本この世界に入ってからというもの、錦生(きんしょう)の一番弟子として、錦之助はずっと一人だった。そして錦生もまたずっと一匹狼(おおかみ)でもあった。一人でいる時より、大勢の中にいるほうがより一人ぼっち感は強くなる。明らかに「オーディション慣れ」していない自分に気づく。

事務的に渡された番号札と、自分の机の前の番号札とを見比べるぐらいしか時間つぶしとしてすることはない。

オーディションは、どうやら、「タブロイド版の夕刊紙」を読む面接らしい。参加しているお笑い芸人たちの会話からその内容が聞こえてきた。

加えて、目の前のタレントの卵のような子たちが、新人と思しき女性マネージャーを口説くような会話になっていった。

居ても立ってもいられず、席を立ち、着物の裾を直そうとトイレへと入って行った。

ドアを開け、個室へと入ってゆく。トイレの個室は不思議なものだ。遮られた空間に入るとやはり人間は用を足したくなるものなのか。

錦之助は、幾分催してきたので、着物の裾をたくし上げ便器に腰かけた。

その時だった。

トイレの入り口ドアが勢いよく開くのと同時に、コロンの香りが漂ってきた。業界関係者同士の連れションのようだ。口調は両者とも恐ろしいまでに軽やかだ。

「しかしさ、サンストもアコギだよな。こんなに派手にやるんだもんな」

サンストとは、サンダーストームという大手タレント事務所の略だ。

「誰だっけ、そいつ？」

「ああ、立川朝志郎」

「それそれ。落語家の名前なんてみんな似ているからわかんねえ」

「立川朝志郎」。入門三年で二つ目に昇進し、トータル十年弱で真打ちにも昇進した逸材だ。落語立川流に所属し、年齢もキャリアも無論、錦之助より下で、会ったことはないが談志譲りの毒舌と名調子だと聞く。一橋大学を卒業後、経産省のキャリアからの転身組で、しかも錦之助とは大違いのイケメンという評判だ。

「……その立川ナントカを売り出そうとして、こんなオーディションやってるんだろ」

「いいよなあ、会長の娘婿か」

トイレに誰もいないと思って喋っているのだろうが、聞きたくもない業界の裏話を、薄いパーテーションで仕切られているとはいえ、絶対見られたくはないような体勢で聞かされている錦之助は、二重の辱めを受けているかのようだった。そのせいか、出かかっていたはずのものは、体内へと戻っていった。

「そうでしたか」

携帯からは予想通りというような小湊の声がこぼれる。

「そんなの受ける前に聞いちゃえば、こっちのモチベーションは下がりますよ。いやあ、そんな気持ちでオーディション会場に行って、夕刊紙の『阪神の新監督、OB会がまた反論』なんてどうでもいい記事読まされているという茶番、バカバカしくなっちゃいましたよ。おまけにトイレで出るはずのものも引っ込んじゃうし」

自虐的に錦之助は答えた。半分「ひどいオーディションに誘ってくれましたよね」という恨みすら込めた。

小湊は最後の下ネタに形だけの笑いを返した。

「でもね、錦之助さん」

向き合うような声の響きで言った。

「お互い、そんな世界を一緒に乗り越えていきましょうよ。コネとか情実があるからと言って、世の中そんなもんだよって言っちゃえば、すべておしまいじゃないですか。世の中、何が起きるかわかりませんよ。それと、本当に、朝志郎さんはコネや情実だけの人なんでしょうか？」

錦之助はハッとなった。

「……」

「人知れず、積み上げてきたものや努力が評価されたと考えたほうが、まだ僕らにもチャンスがあるんだって思えてきませんか？　なんか錦之助さんは他人とは思えないんですよ」

「お互い」とか「僕ら」という言葉をセレクトしてくる小湊には、「大手のバックボーンやらのサポートのない者同士、一緒に頑張りましょうよ、負担は分散しましょうよ」という強いメッセージを感じる。

錦之助は、またしても立川談志の名言「嫉妬とは、己が努力、行動を起こさずに対象となる人間をあげつらって、己と同じ地位にまで引き下げる行為を言う」

を思い出していた。

「……僕もまだまだ五十」

「あれ、小湊さん、若く見えたけど結構なお年なんですね」

暗くなりかけた話を明るく受け流す。

「わ、結構なお年って、言いますね、錦之助さん。ま、若作りしてるだけですがね。僕も頑張らなきゃいけないんですよ、結婚が遅かったものですから、まだ娘二人も小学生でしてこれがもう生意気盛りで」

二人、笑い合う。

「うわ、わかりますよ。うちも男の子二人ですが、もう毎日必死ですよ。じゃあ奥さんも大変だ」

「あれ、話してなかったでしたっけ。妻は四年前に交通事故で死んだんですよ」

「……」

「……あ、ごめんなさい、初めてでしたか。いや、でも、もうそれ、僕の中では完全に過去のことですから、全然、気にしないでくださいね……とにかく、また、いろんな形で声かけますからね」

錦之助は茫然と携帯を切った。自分より壮絶でつらいはずの小湊に明るく、しかも軽く元気づけられてしまった。

オーディションに落ち、さらには後輩の落語家との彼我の差を目の当たりにした形の屈辱ではあったが、それ以上になにかとても大切なものを会得したような感じがした。

「一生懸命やっていれば必ず誰かは見ていてくれる」。文子の言葉を改めて反芻した。

そんなことがあった数日後、錦之助は上田市にいた。

長野県上田市は「二度泣きの上田」だと言われている。

サラリーマンが単身赴任で上田に決まると、「なんで」と泣くらしいのだが、何年か勤めて本社に転勤の辞令が下ると今度は「ここを離れたくはない」と泣くという意味での「二度泣き」なのだという。上田をこよなく愛した池波正太郎の『真田太平記』の冒頭の言葉だ。

北陸新幹線で、大宮から一時間と少しという立地で、ほぼほぼ首都圏と言ってもいいぐらいの近さだった。いまや都下の自治体に行くよりも近くなっていた。

錦之助は、とある先輩のピンチヒッターで頼まれた上田での仕事を、「これからもずっと錦ちゃんで頼むよ」など主催者から言われたのをいいことに、以後チャッカリ仕事を継続的にもらっていた。

上田市は人口十六万弱の城下町だ。

降雨量が少なく晴天率も高いのでテレビやドラマなどの撮影にもよく使われている。市民によるフィルムコミッション活動が賑やかで、映画やドラマなどの誘致も熱心におこなわれていた。古くは昭和三十年の木暮美千代主演『次郎物語』（清水宏監督）、『犬神家の一族』（市川崑監督）昭和五十一年の『男はつらいよ　寅次郎純情詩集』（山田洋次監督）などの名画はこの町で撮影された。

錦之助は、件の「オーディション事件」以来、「また来てね」と、定期的にしゃべることができる落語の仕事こそ芸の勉強にもなるので、一番ありがたいものと感じていた。

「地道にやっていれば必ず誰かは見ていてくれるものさ」とつぶやくことで、不思議と安らいだ心持ちになるのだった。

変に自分を売り込むよりも、目の前の仕事が未来の仕事と人を連れてくるのだと考える方が、日々の仕事に励みが出てくるような気にもなる。

また、上田の土地柄か、芸人が好きなのか。たまたま落語会の最初の打ち上げで隣り合わせになった、真田十勇士の三好清海入道みたく金棒を担いでいそうなほど豪快なラーメン屋の店主・西澤らを中心に、「錦ちゃん会」なる支援会が結成された。

酒の上での話であったが、「真打ちになったら、着物を作ろう」という話になった。

知ったかぶって、「ご当地の上田紬でお願いします！」

と言ったところ、やはり紬には一家言持つ人たちばかりで、

「錦ちゃん、紬はな、あれ普段着なんだよ。真を打つ人にそんなのは着させない！　どうだ、おい呉服屋、御召縮緬でさ、みんなでカネ出し合おうや」と即決した。みんな親分肌の西澤の言葉に気圧されているようだ。その場にいた人の好さげな呉服屋が断れなくなった。

「知っているかや？　錦ちゃん、御召の着物って？」

上田弁で親しげに問われた。以前、御召の着物は、森下の鉄工所の工藤からもらっていたのだが、ここはしらばっくれて、

「いえ、そんな高級なの、見たことすらありません」

「おう、じゃあ、恥かかせねえやつ、贈ってやろうじゃねえか」

とさらに盛り上がり、

「おいさ、それだけじゃおやげねえよ」

「おやげねえ」とは上田弁で「かわいそう、哀れ」という意味だ。

「なんだ、おやげねえって」

「落語会をさ、定期的に開かずぅ？」

「そりゃそうだな」

と、あまりに速い展開だが、ギャラは二の次で定期的な落語会の開催も約束してくれたのだった。

師匠の錦生が一匹狼だったあおりを食う形で、錦之助も寄席には出られない日々が続いていた。だからこそ、錦之助にとってしゃべる場所の確保はなによりだ。

あれから、一か月しか経っていない。もう二回目の独演会が開かれることになった。

早めに楽屋入りして高座作りから関わるのも楽しかった。

ビールケースとビニールひもで土台が組まれる。東大宮の居酒屋で落語会が開催されたことがあったが、「船徳」という、高座の上で舟をこぐシーンなど身体全体を使って派手に動いた際にも、びくともせずにいたのを不思議に思った錦之助だったが、その会の仕切り役から「ビールケースとビニールひもによる固定」の盤石さを教えてもらった。以来、手作り高座はこれが一番と決めている。そうしてきっちりと固められた土台の上にベニヤ板を置く。こちらは角をガムテープで補強するだけで充分な強度は確保される。

「錦ちゃん会」には、ラーメン屋、居酒屋、呉服屋、看板屋、建材屋がそろっているからこれだけで高座のすべてが賄える。そしてその土台を隠すのは、緋毛氈の代わりに西澤の一言で「錦ちゃん会」新入りの家具屋が黄色く日焼けしたカーテンを持ってくることになった。が、いやはや、傍から見れば立派な高座に見えるから不思議だ。

会場となる市内の公民館の入り口には、「山水亭錦之助鷹匠町独演会」という看板が立てられていた。

上田市は城下町だが、区画整理で市内はほぼ中央何丁目という名前に一新されてしまったが、かつての呼び名である材木町、馬場町、鍛冶町がいまだに残っていて、連歌町なんてオツな名前もあったと聞く。

今回の会を主催するのは「錦ちゃん会」の幹事的立場の、上田市内で「いなせ亭」という居酒屋を営む南という五十がらみの落語好きだった。自宅のある鷹匠町では自治会役員も務めていて、地域のお年寄りたちを喜ばせるイベントとして、錦之助の落語会が急遽、実施されることになった。

「安いギャラのほうがいいじゃない。回数をこなさざるを得ないんだから。そっちのほうが絶対上手くなる」

これも文子の名言だった。

「錦ちゃん、まだ時間あるからさ、上田城、観に行こうぜ」

腕時計を見ながら、南が言う。

上田で生まれ、上田に育った南は、客人が来ると上田城を案内したがるようだ。

上田城址公園は、上田駅から歩いて十分ほどの小高い場所に位置していた。ご存じ、真田家の居城で、天守閣こそないものの往時をしのばせるたたずまいや匂い、櫓門の威厳あふれる風格は、昨今の歴女ブーム、そしてその延長線上にあったNHK大河ドラマ『真田丸』などの影響から訪れる人が絶えない。

また春になるとおよそ千本ほどの桜が観光客を楽しませている。

公園内に一歩入ると、南の顔が武将チックになる。

「真田丸って、知ってるよね」

無論、錦之助は知っていた。いや、上田に来るための予習で調べておいたのだ。

「大坂城にあった、幸村の造った出城ですよね」

「さすが。えらいね、落語家は。近頃はさ、上田の若いやつらでもさ、『真田丸って上田城のどこにあるの』とか言うやつもいてよ、まいったぜ」

南は嘆く。

「いいかい、錦ちゃん、真田幸村はね」

講釈師より語り慣れた口調で、「二度にわたって天下の徳川家を退散させた物語」を語り始めた。

「天正十三年というから、西暦で一五八五年、これが第一次上田合戦、そして第二次上田合戦が、その十五年後、慶長五年、西暦一六〇〇年。当時の上田は、武田氏、上杉氏、北条氏の群雄割拠の真っ只中、イスラエルのガザ地区みたいなもんだ」

「ガザ地区北千住」

南は、錦之助のダジャレを無視して続けた。

「第一次上田合戦、要するにさ、広域暴力団と一本独鈷の組の争いみたいなものなんだわな。無論、徳川が広域で、真田が一本独鈷」

自家用車のダッシュボードの下に、『アサヒ芸能』が数冊置いてあるところから、南はそっちの世界にも詳しいのだろう。喩え話には本当に個性が出るものだ。

「徳川広域暴力団は、真田一本独鈷に、お前のシマ寄越せや。うちらの門下に入るんやったら、なにもせんでおいてやるけと、脅しをかけられた。いや、そんなのに従ううちらの殿様じゃなかった。徳川はん、待っておくんなはれ。そりゃ筋ちゃいまっせ、と堂々、タテ突いたのさ。いいか、たった二千人の鉄砲玉が、八千人をやっつけちまったんだ」

錦之助は露骨に汗をぬぐい始めた。彼が、幾分退屈なのには大きな理由があった。

実はこの話、ここに来るたび、「錦ちゃん会」のメンバーから打ち上げや、落語会の楽屋などで何度も聞かされているのだ。

看板屋の佐藤からは、「うちら弱小企業が東京の大手の広告代理店に勝ったんだよ」と聞かされ、阪神ファンの西澤からは、「だれだれ、阪神がさ、ニューヨークヤンキースに勝つようなもんだわい」と伝えられた。ちなみに「だれだれ」とは、上田の方言で、「違う違う」という意味だ。

南が、ひとしきり語り終えると、「太郎山おろし」と言われる薫風が吹いた。

高原の涼やかさがみなぎった。

「錦ちゃん、これ気持ち」

南はおもむろにポロシャツの胸のポケットから出したポチ袋を錦之助に渡した。

「わ、ありがとうございます」

「俺はさ、プロじゃないからさ、聞いてもらったお礼よ」

ご祝儀（しゅうぎ）は昔からの芸人救済クラウドファンディングだ。ギャラは安くてもこういう想定外のチップは、やはりときめくものだ。

「ああ、気持ちよかった。落語家になった心持ちだ」

錦之助の肩を叩（たた）いて歩いてゆく。

当地は城下町らしく、市民の誰もが、真田昌幸（まさゆき）・幸村親子にプライドを持っているようだった。

公園内は市民のジョギングコースでもあり、親から子へ、子から孫へと、ランドマークたるお城を見ながら、郷土の英傑（えいけつ）たちの偉業（いぎょう）を聞かされつづけてきた系譜（けいふ）があるのだろう。誰もが地元の歴史を得意げに語る風土は聞かされるほうはやや重荷だが、決して苦痛ではなかった。

駅からもほど近い鷹匠町公民館での「錦之助独演会」は大入り満員だった。

南の母親が高齢ながらかくしゃくとしていて、大勢のお年寄りに声をかけ、ほとんど満席になったのだ。

開口一番から、その雰囲気を錦之助はいじった。

「今日は、ご年配の方々の佃煮(つくだに)みたいですね」

わずかなくすぐりだが反応はすさまじかった。

「南さんのかあやん、いるかや」

覚えたての上田弁を駆使(くし)すると、またどよめいた。

「はあい」と声がする。

南の母親が最前列で手を振っていた。

「かあやん、いくつになっただい？」

「へえ、もう八十四だわい」

「まだ若いって。二十一の娘が四人いるみてえなもんさ」

お年寄りたちの笑い声が広がった。

南からの臨時ご祝儀の効果はてきめんで、一席目の「権助魚(ごんすけざかな)」にスムーズに入って行った。

権助魚のあらすじは――「今晩うちの亭主が愛人宅に行くに違いない」と察した本妻は、権助というドンくさい奉公人に一円渡して手懐け「旦那がどこに行って誰となにをしてくるか、あとで報告しなさい」と頼む。無理やり権助を押っ付けられた旦那のほうは、「女房から一円もらって自分の動向を話すようにと頼まれただろ」と言い放つ。権助が正直にその通りだと打ち明けると、旦那は本妻以上の二円の小遣いを権助に渡し、「俺はお得意先と墨田川で舟遊びをして、そしてそのまんま湯河原に行ったと言え。お前は魚屋で墨田川で釣れそうな魚を証拠として買って帰り、女房に見せろ」と言って別れる。

本妻から一円、旦那から二円もらって喜ぶ権助は早速魚屋に行き、アリバイ工作として買ってきたのは、ニシン、スケトウダラ、ゆでだこ、挙句は加工品であるかまぼこ――。

墨田川では間違っても獲れるはずのない魚のオンパレードにお年寄りたちはゲラゲラ笑う。

――呆れた本妻が、「権助、この魚は関東一円じゃ獲れないのよ」

「いや、一円じゃござえません。旦那から二円もらって頼まれた」という談志作と言われる見事なオチが決まると拍手喝采(はくしゅかっさい)となった。

一席目がウケると、二席目は最初からエンジン全開となる。「藪入り(やぶいり)」という人情噺(ばなし)をやろうとしたが、ウケを優先して「紙入れ(かみいれ)」をセレクトした。

「紙入れ」も、不倫の噺だ。

ただし「権助魚」が男性の浮気の話であるのに対して、こちらは女性側の不倫がテーマとなっている。

あらすじは――大店(おおだな)の手代(てだい)という立場の若者である新吉(しんきち)が、ご厄介(やっかい)になっているお得意先の奥方からちょっかいを出される。この「ちょっかい」が非常に微妙で、「すでに一度男と女の関係になっている」という設定にするかどうか、考え方が分かれるところだが、錦之助は、「より女のしたたかさ」を横溢(おういつ)させて、真面目な新吉をより悩ませるために「すでに寝ている」という演出にしている。

自分の一番世話になっているお得意様の奥方とそんな関係になってしまい、思い悩む新吉が、その奥方から手紙を渡される。文面には、「今晩、旦那が留守だからまたおいで」と書いてあり、続きには、「もし今晩来てくれなかったら、あることないことを旦那に告げ口するから」という半分脅し文句がしたためられていた。

　先方に行き、新吉は奥方に詫びた。

「こないだのことはなかったことにしてもらえますか？」

「心配ないわよ。誰にも見つかっちゃいないから」

「いや、とにかく、旦那に申し訳なくて。あっしは今日は帰らせていただきます」と言うと、奥方は逆ギレする。

「もし今晩帰ったりなんかしたら、旦那が戻ってきた時、『新さんが嫌がるあたしを押さえつけて……』などと言うから」と、さらに脅迫するのだ。

　仕方なしに、「なるようになれ」と自棄になった新吉は開き直って酒を飲んで、酔っ払ってしまう。新吉が先に布団に入ると、奥方は戸締りを確かめ、長じゅばん一つになって白粉の匂いをプンプンさせながら新吉の布団に入ってくる。

　が――その時、泊まるはずだった旦那が急遽、予定が変わり帰ってきた。

　慌てて裏口から逃げ出した新吉だったが、見つからなかったのはよかったものの、枕元に、その旦那も見覚えのある紙入れ（財布）を置き忘れてきたことに気づき、さらにはその中に「奥方からもらった手紙」もはさんであることを思い出す。

万事休すの新吉は、その晩一睡もできずに翌朝、意を決してお得意様の家に向かう。ここからのかみ合わない会話が笑いの因となる――。

自分ちの奥さんとそうなっているとはまったく思っていない旦那の能天気さが、観客の間で共有されて渦が起きるほどの笑いになる。

錦之助は語りながら、「笑いの基本は、『自分だけはそうではない』という棚上げからなんだよな」と手ごたえを覚える。

お年寄りたちは、涙を流して笑い合っている。

他人事みたいに話す旦那は、まさか新吉の不倫相手が自分の女房だとは思うわけもなく、「見つかっていないなら、そこの家になんかもう行くな。俺がついているから心配ない」とまで言うのだが。新吉がその家に紙入れを置いてきてしまったことを白状すると、奥から、その奥方が出てくる。

しらばっくれて二人の話を聞きながら、ここからアクロバティックなアドバイスを新吉にする。

「……バカねえ、そんな亭主の留守中に若い男を引っ張り込んで遊ぼうという人妻だから、ぬかりはないはずよ。私、こう思うの。新さんのことをその人が逃がしてからすぐに旦那を家に入れたりなんかしませんよ。あたりをよーく見渡して、もし、新さんの紙入れがそこにあれば、あ、これは旦那に見つかっちゃ困るものだとその人が思うから、あとでこっそり旦那にわからないように、新さんに返すような手筈（てはず）になっていると思うから、心配ない。大丈夫（だいじょうぶ）。大丈夫。ねえ、あなた」

「そりゃそうだよな。よしんば見つけたところでよ、てめえの女房を取られちまうような野郎だよ、そこまでは気がつかねえだろ」

　オチとともに、客席が完全に一つになった。

　五、六十人のお年寄りたちの爆笑が古い建て付けの公民館を轟（とどろ）かせた。

「目の前のばあちゃん、入れ歯ガタガタさせて笑っていたよね」

　落語会でウケると、評価が上がるのは落語家だけではない。その会を企画した人、そしてその落語家を呼んだ人の評判もさらによくなる。ウケるとお客さんも含めてみんなが幸せになるのだ。

「誰にも当てはまるからな、落語は。あ、これ、『根曲がり竹汁』ね」

南の店は、上田駅前の狭い路地の奥の突き当たりにある「ゆきむら横丁」という一角にあった。かつて名だたる養蚕地帯であったこの地方は紡績工場がひしめいていた。そこに勤務する労働者をもてなすべく流行った飲み屋街だ。

甲斐甲斐しくそばで働くのは、南の妻、志乃だった。聞けば中学校時代から付き合っていたという。そのせいだろうか、呼吸もぴったりで、南の目線だけで、志乃はすべてを察してテキパキと動いている。

鉢巻き姿の南が調理場からそっと一椀を錦之助に差し出した。

「知らないわよ、根曲がり竹汁なんて。ねえ錦之助さん」

「あ、そうか。正式にはチシマザサ。ま、上田より長野のほうの名物さ」

「根曲がり竹汁？　おお、郷土料理ですか」

初夏の一時期にしか出せない長野の北部地方の逸品だ。根曲がり竹の味噌汁に「鯖の水煮」を入れただけの素朴な味わいだが、その分、飽きのこない味付けになっている。一口嚙むと根曲がり竹から青々とした高原の香りが一気に広がる。

「あ、これもぜひ錦ちゃんに」

着物姿の志乃が暖簾から顔を覗かせ、さらなる一品を差し出した。

「お女将さん、何ですか、これ」

「あ、これもご当地名物、アカシアの天ぷらとお浸し」

「これ食べてもらわねえうちは、横浜へ帰さねえよ」

上田の千曲川沿いに自生するニセアカシアは、六月末辺りがピークとなり、芳香の強い白い花を咲かせる。

「よくほら、『アカシアハチミツ』ってあるでしょ？　あの大元の花よ」

南が解説する。

「ニセアカシアって誰がつけたんだろうな。ニセという名前はついてるけど、本物なんだよ味は！」

やはり作った料理人から説明を受けると、本当に見事な味わいへの導線になるような感じがする。

錦之助は、まずはお浸しからやっつけてみた。

「ま、本来はほとんどが天ぷらにするんだけどもよ。新芽も多く手に入ったんで、錦ちゃんが来るからと思って特別よ」

嬉しいもてなしだ。鼻から香りが抜けていく。

「これは、絶妙だわ」

「花ってさ、偉いよな」

「なんですか、急に？」

「だってさ、どんな花も誉められようと思って咲いているわけじゃねえよなあ。だからよ、綺麗な花を見るとさ、俺は誉めてやるんだ。お前、エライなって。落語家もそうだよな」

南は、じっと錦之助を見つめた。

「つらい前座という冬を終えてさ。いよいよ、これからだよなあ。花のあとは、実を付けなきゃな。ほれ、天ぷらも温かいうちに」

南に勧められて天ぷらを口に運ぶ。カリッと口の中で、花芯のエキスが飛ぶ。

「甘い」

「ミツバチの了見がわかったかい？」

「お前さん、これもさ」

志乃は今度はアカシアの煮凝りを出してきた。小皿のいろどりも艶やかで、そういう細かいところにも気が配られていて、遠くから来た人間を喜ばせようという心意気に、錦之助はすでに虜になっていた。

「主演がさんまさんと大竹しのぶさんで、わき役がＩＭＡＬＵさんというドラマみたいですね」

ぐい呑みで自らも一杯やりながら南が聞いた。

「なんだいそりゃ」

「アカシア尽くし」

「イマイチだな」

錦之助が手を合わせて謝った。

「でもさ、ニセアカシアって、しぶといんだよ。千曲川の土留めのために栽培したっていう噂もあるぐらいなんだけども、刈っても刈ってもまた枝を伸ばしてきて花を咲かすんだぜ」

「落語家みたいですね」

「なんで？」

「どんな環境でも食らいついて生きていっては、毎年花を咲かせるんですから」

「じゃあ、花同士、今日は共食いだな。かあちゃん、どんどん天ぷら揚げてやって」

あの石原裕次郎の『赤いハンカチ』の中で歌われているアカシアもニセアカシアなのだと南は続けた。

ならば俺も「談志のニセモノ」でもいい、極めてみようかと錦之助は、思った。

南は自身も子どものころ、落語家になりたいという夢を持っていたこともあり、今回、この会の仕切り役を買って出ていた。陽気な南は芸人との触れ合いがなにより好きで、会がはねると、こうして芸人を自分の店で手銭でもてなすのが楽しみだったのだ。

落語家のこういう地上戦的な付き合いは、先だって遭遇したような若手お笑い芸人たちが得意とする空中戦とは正反対な戦い方だった。

テレビなどの全国的なメディアとのつながりはさほどなくても、地道な落語会の延長にある、こういう地方の人々とのぬくもりや絆を大事にしてゆく姿勢こそ、落語家の真骨頂でもあった。

あっさりめの郷土料理にはやはりあっさりめな地酒が似合う。上田の銘酒「和田龍」の辛口がまたキリリと今日の落語会の成功を無骨に祝福する。

「錦ちゃん、結構イケる口だね」

「いや、上田の地酒が合うのかな」

南は志乃にさらに地酒を注文した。

「俺も、今日は飲もうかな」

「一緒にやりましょうよ」

南は、錦之助の隣に座った。

錦之助が南のお猪口に注いだ。

「しかしさ、『権助魚』も『紙入れ』もともに浮気や不倫の噺だよね。バチ当たりだよな」

「あの二つ目のネタの、『紙入れ』って、別なオチもあるんですよ」

「へえ、それは知らなかったなあ。どんな感じ？」

落語に詳しい南とはこういう会話ができるから嬉しい。基本、落語家は落語の好きな人と落語の話だけしていたい生き物なのだ。

「あのオチのあと、女房が調子こいて、『そうよねえ、ほんとそんな間抜けな亭主の顔、見てみたいものだよねえ』と言うと、『そんなに見たいか？　その顔はこういう顔だよ』と言って自分の顔を指さすんですよ」

「わ、なにそれ、初めて聞いたわ。じゃあ最初から最後まで旦那は知っていたっていうことか」

錦之助は頷(うなず)いた。

「ただ、それだと、そのあとは笑えないわなあ」

「はい。だから、あくまでも自分は亭主がずっとバカのままのほうが面白いなあって思ってあのスタイルです」

「なるほどなあ。いろいろあるんだな。しかしさあ、それにしても人間って、バカだよな」

「ええ、ほんとそう思います」

錦之助がお猪口の和田龍を飲み干すと、すかさず南が注いだ。

錦之助の目がますます輝いた。

「……談志師匠は、『人間のダメさ加減を訴えているのが落語だ。だから落語は素晴らしいんだ』って言っていましたっけ」

「また談志の話かよ」

「はい」

「うわ、目が完全に少年になっている」

南は呆れながら笑う。

「もっと早くに生まれていたら絶対、談志門下に入っていました」

「あ、錦生師匠(ししょう)に俺、電話しちゃおうっと」

「わ、勘弁(かんべん)してくださいよ」

志乃が折り詰めを寄越した。

「これお土産(みやげ)ね。うちの店特製の『えびせん』」

「わー、大好物！　これ、カミさんもうちの子どもも大好物なんですよ」

ギャラというよりはその後の、かようなもてなしに、ハマってしまった錦之助だった。

「錦ちゃん、俺の店じゃなくて、別の店にもう一軒行こう」

時間は午後十一時近くになっていた。

和田龍、亀齢、※久盛と立て続けの地酒がかなり効いてきたようだ。あんまり酒が強くない錦之助より、南のほうが明らかに飲んでいた。

いつの間にか店には、南と錦之助の二人だけだった。

「こんな時間から、どこですか？」

南は手際よく暖簾を中に仕舞いながら、錦之助を促す。

「上田の歌舞伎町よ」

袋町と呼ばれる飲み屋街は人口十六万ほどの城下町にふさわしくないほどの賑やかさだった。二百店舗以上もあるという。

「どうしようかな。明日朝、早いんですが」

「付き合ってよ。俺、芸人と飲むのが楽しみなんだよ。明日、店の定休日なんだよ、だから落語会も今日にしてもらったんだ」

この世界に入って錦之助がよく楽屋で師匠連から聞いたのが、「落語や落語家の好きな人が落語会を催すと、受付でお客さんの相手をしたり、駐車場の誘導に回ったりして、大好きな落語を現場で聴けない形となってしまう。だから芸人ならば、打ち上げは絶対にとことん付き合うべきなんだよ」という話だった。確かにその通りだ。打ち上げは主催者が芸人を独占できるひとときなのだ。

「行こうよ。四十がらみの訳ありの美人ママの店なんだけどな」

「お。じゃあ行きますか」

「訳あり」という言葉に危険な魅力（みりょく）を感じた錦之助は千鳥足（ちどりあし）の南のあとをついて行った。

南の店から歩いて五分ほどの袋町だったが、目指すべき店は小路（こうじ）に入ってすぐ脇の角にあるところどころレンガの剝（は）がれた雑居ビルの地階だった。「スナックミモザ」という古ぼけたネオンの店だ。

「かおちゃん、いる？」

常連（じょうれん）らしく自分の家に戻るように、マホガニー調のドアを開けた。

ドアに付けられた鈴が軽やかに鳴る。

「南ちゃん、もう出来上がってるじゃん」

奥から低めの鼻にかかった声が聞こえた。

十畳ほどしかないカウンターバーだった。南は一番奥が指定席かのように椅子に腰かけ、

「あ、かおちゃん、彼が例の落語家さん、未来の名人！」

「あ、錦之助さんでしたっけ？」

「そうそうそう、本当の師匠より談志が好きなの」

「勘弁してくださいって、それは」

「え、本当なの？」

上目遣いで香が錦之助を見つめた。

男をダメにしてしまうような美人だなあ、と素直に思った。相当な男遍歴だとすぐに察知した。

「あ、錦ちゃん、ダメだよ、惚れちゃ。かおちゃんは、別名、危険な香り」

「もう！」

「あ、俺はいつもの地酒、今晩は福無量かな」

「はいはい」

後ろの棚から「福無量」のラベルの瓶を出し、ていねいに小さめのグラスに注

ぐ。

「錦之助さんは？」

「じゃあ、ウイスキーのお湯割りで」

背後にある白角を無駄のない手つきで取り、ポットからのお湯を先にグラスに注ぎ、器用にウイスキーボトルを傾げた。

「……はい。夏場こそ身体を冷やさないようにね」

小さな冷蔵庫から出したのは「野沢菜の油炒め」だ。トッピングにカットされた胡桃と一緒に爪楊枝が刺さっている。

錦之助は一口食べてみた。

「なに、これ、冗談抜きでうまいっす」

「あ、これ、もう季節外れかもね。信州名物の野沢菜漬けってさ、最後は発酵が進んで酸っぱくなっちゃうのよ。それをこっちの人たちは甘辛く油で炒めるの」

油の甘味と、野沢菜の酸味、そしてまろやかな胡桃のクリーミーさが口の中で一体となっている。

「野沢菜漬けもさ、酸っぱくなりかけがうまいんだよね。あ、かおちゃんも、そうだよな」

南が冷やかして、一気に酒をあおった。

「もう、やだあ」

愛嬌丸出しで香が笑うと花が咲いたようになる。

「おう、じゃあ、未来の名人、歌ってよ」

「じゃあ、歌っちゃおうかな。珍しいのいきますね、下町兄弟の『ミモザの咲く頃に』で……」

「わ、うちの店と同じじゃない！　その歌聞くの初めて！」

曲のイントロが流れると、南は両方の人差し指と中指を口の中に突っ込み甲高い口笛を吹いた。

「♪きっと夢は叶うだろう〜ミモザの咲く頃に〜」

ラップ調でもあり、難しく、歌い慣れていないせいもあるし、また生まれつきの音痴だったが、なぜか異様に錦之助は、この一節にときめいていた。

「……いつもこうなのよね、南ちゃんは」

自ら誘ったはずの南は、最初は「今日の錦ちゃんの『紙入れ』、最高」などと上機嫌で、「サザン縛りだぞ〜」と『エロティカ・セブン』『東京シャッフル』『旅姿六人衆』を、香を真ん中にして、錦之助と肩を組んで歌った。

そして、地酒をさらに二合ほど飲むと「いやあ、男は浮気しなきゃなあ。浮気は芸の肥やしだ！」とつぶやいた途端にカウンターにつっ伏して寝入ってしまった。

錦之助がつぶやく。

「芸人の接待って疲れるんですよね。ありがたいです」

南の寝息が揺蕩う。

「ミモザって店名はどういう由来があるんですか」

「あんまり深い意味はないの。ただ、あたしが黄色が好きでふわふわしたイメージを大事にしたかっただけ」

そういえば香のワンピースは勿論、店内には黄色が多かった。

香は慣れた手つきでタオルケットを南に掛けた。

「だいぶ弱くなっちゃったな、南ちゃん」

「よく来るんですか？」

「そうね、あたしがここに店を出してもう十年だけど、多い時は毎週ね」

「いい人ですよね、落語家も落語も大好きで」

「頼まれたら断れないのよね、この人」

「そういう人が、僕らみたいな若手落語家を支えてくれているんですよ」

「……でも、あのさっきの南ちゃんの話、本当かしら」

「さっきの話って？」

「ほら、浮気が芸の肥やしって話」

「何飲む？　南ちゃんのボトルにしちゃおうか？」

香が小悪魔っぽく聞く。

いたずらっ子のように見つめた。

「いいですね、じゃあ炭酸で」

「あたしも同じの、飲んじゃおうっと」

潤んだ瞳と口元のほくろが思わせぶりにしか見えなかった。

「ミモザって、別名フサアカシアっていうの」

「フサアカシア？　あ、さっきニセアカシアのフルコース食べてきました」

「こっちの名物だもんね。あ、たばこ吸っていいかな？」

「どうぞ」

下のテーブルからたばこを出してマッチで火をつける。

「あ、錦之助さんに質問？」

「はい」

「ミモザはオレンジと黄色では花言葉が違います。どっちが好き？」

黄色いワンピースを見つめて、

「黄色」と錦之助は答えた。

ふふふと意味深な笑顔を浮かべ、

「黄色いミモザの花言葉ってね、言っていいのかなあ」

「なんですか」

幾分、勿体を付けて香は錦之助に向き直った。

「秘密の恋」

一際、香の黒目が大きくなったような気がした。

「『紙入れ』、あたしも大好き」

二本目のたばこをふかしながら言う。

「あれ、知っているんですか？」

「談志も志ん朝も好きなの」

「珍しいですね、お若いのに」

「若くないわよ、もう四十。おばさん」

「いえいえ、まだ若いですよ」

「錦之助さんは」

「僕は三十五」

「じゃあ、あたしのほうがおねえさんか」

「でも、何がキッカケで落語に触れたんです」

「東京にいたころ、前の旦那、正確には、前の前の旦那が好きでね。談志の『紙入れ』。独り会によく連れていってもらったっけ」

香の男の歴史と落語の歴史が重なっているような気がした。

「談志の落語っていいわよねえ、全編いたずらっ子みたいで」

「談志師匠のどんな落語が好きですか？」

「バカバカしいのがいいかな。あ、何がって『金玉医者』！」

香の小さな口から「金玉！」と出ただけで、錦之助は、萌えた。

「やだ、金玉だって！　あ、また言っちゃった、あたし」

『金玉医者』は談志が晩年、特にこだわっていたくだらない落語だった。「こういう感じで落語を下手にやれるから俺はすごいんだ」とよく高座では言っていたと聞く。

「めちゃマニアックですねえ。でも、実は僕の『紙入れ』は、談志師匠の『紙入れ』で覚えたんです」

「ほんと？　でも、あの話、よくわかるなあ。女のほうが浮気に関しては案外したたかなのよね」

たばこの煙は魔界へと誘う夜霧にも見えてきた。香のさらなる微笑みに錦之助はたじろいだ。

気がつけば、香と錦之助の二人きりだった。時間つぶしのように始めた二人の会話だったが、好きな映画、好きな音楽が南のいびきに合わせて弾(はず)む。

「……うそ、錦之助さんも、結構渋い趣味ね、『ブエナ・ビスタ・ソシアル・クラブ』が好きだなんて」

「僕も、女性で『フィールド・オブ・ドリームス』の好きな人初めてですよ。うちのカミさんなんか、すぐ寝ちゃってましたから。やはりその映画も？」

「そう、前の前の」

「わ、そのまた前の旦那さんでしょ」

「もう、いじわる」

香はカウンターから身体を錦之助のほうに寄せた。

「ねえ、錦ちゃんって呼んでいいかしら？　それとも錦之助師匠？」

「いや、師匠っていうのは真打ち以上の呼び名なんです。僕はまだ二つ目なんです。芸をもっと磨(みが)かなきゃ」

「じゃあ、錦ちゃんにしようっと。あ、まださっきの話の答え、聞いていなかった」

「さっきの話って？」

「ほら、浮気が芸の肥やしっていう話。芸人さんってやっぱりみんなそうなの？」

香は男好きのする顔を錦之助に傾げた。

「さあ、でもそれがほんとならみんな浮気してますよ」

「あ、じゃあ、錦ちゃんも？」

南のいびきがだんだん静かになっていった。そこに時計の音が重なってコンビネーションになっている。

「……あ、もうこんな時間」

明日は午前中から例の青空寄席で横浜の現場だった。

壁掛け時計を見やると午前二時近くを指している。朝、上田発の始発の新幹線で戻らないと間に合わない。

ふいに小柄な香がカウンターの出口から錦之助のほうに身を乗り出すようににじり寄ってきた。

ムスク系のコロンの匂いがした。

「……俺のと同じ香水ですね」

「偶然ね。男物の香水付けてると近々いいことあるって言われたの、よく当たる占い師に」

「で、いいことありました？」

「今日、錦ちゃんに会えたことかな」

錦之助は思わず生唾（なまつば）を呑んだ。

そして、振り返り様（ざま）、香がつぶやいた。

「お願い、抱いて」

錦之助の脳内に、行ったことのないパチンコ屋の軍艦マーチが鳴り始めた。そしてさらには、

「ノーアウト満塁！」

心の中で快哉（かいさい）を叫んだ。

「浮気は芸の肥やし！」という便利な言葉に手を合わせる。

が――。

突如、錦之助の頭の中に悪魔と天使が現れた。

矢印が折れ曲がったような角を生やした悪魔が「千載一遇のチャンスだ！」とささやく。

「行けよ、錦之助！　お前、芸人だろ？　やっちゃえよ。あのおちょぼ口で『金玉！』と大声出したんだから、絶対行けるって！　旅の恥はかき捨てかき捨て！　ゴーゴー!!」

「おい、悪魔、お前の言う通りだ。俺も芸人だ」

「な、文子とは真逆のタイプだから、これは浮気にはならんよ」

わけのわからない理屈を繰り出してくる悪魔だった。

「……俺の今日泊まっているホテル、ビジネスだけれども、ツインに切り替えてもらうか」

まさに悪魔の算段をし始めたその時だった。

——ダメだよ、錦之助くん！

なぜか錦之助をくん付けで呼ぶやつがいる。

頭に光の輪を光らせた天使だった。

聞いたことのないようなバロック音楽がかすかに流れ始めた。

天使は背中の羽をそよそよさせながら肩に降りてくるような感じで耳元でささやいた。

「——錦之助くん、よーく考えたまえ！　いいかい？　君がそんなにモテるわけない！　文子のおっぱいは年の割には形はいいぞ！　そして安全だぞ！　駿の笑顔は輝いているぞ！　優の寝顔は君を信じているぞ！」と引き止めようとする。

「そうだった、君の言う通りだ」

すると悪魔がささやき始めた。

「なあ、芸人は、据え膳食わぬは男の恥じゃないのか？　彼女に恥をかかせるのか？　『金玉！』っていう以上のOKサインあるかよ！」

「ダメだよ、錦之助さん！　この時間、文子も駿も優も、ぐっすり寝ているんだぞ」

今度は天使は「さん」付けになっている。

「……俺、どうしたらいいんだろうか」

誰に言うともなく独り言ちた。

すると——。

そんなせめぎ合いの中、颯爽と現れた者がいた。今度は往年のジョー樋口似のレフェリーだった。

赤銅色の坊主頭に、水色のポロシャツに水色のトレーニングパンツ。まさに往年のレスラーたちをきっちり捌いてみせていたおなじみのスタイルだった。

「待て、錦之助、ここはひとつ、彼女にその真意を問い質すべきではないか」

と。

見事にまで落ち着いたレフェリングぶりだ。

錦之助は即座にジョー樋口に従うことにした。

――そして、酔っ払ったふりをして、しらばっくれて香に言った。

「あ、ごめん。よく聞こえなかった。いま、何て言ったの？」

「……お願い、どいて」

「……はあ？」

「どいて。もう看板なのよ」

香は表のネオン看板を取り込むために外に出たかったのだ。要は錦之助が邪魔だったのだ。

錦之助は、駅前のホテルに戻り、やけ酒代わりに途中のコンビニで買った発泡酒を一口飲んだ。

「『だ』と『ど』の違いは天地の差だよ。でもいい女だったなあ」

つぶやけばつぶやくほど、自分の愚かさが浮かび上がってくる。俺がそんなにモテるわけないさ、とテレビを点けた時だった。

「落語」という文字が目に入った。やはりこの二文字にはいつも敏感なのだろう。

深夜のＮＨＫだった。

「談志二世現る！　談志の隔世遺伝(かくせいいでん)か？　孫弟子・立川朝志郎の世界！」という特番の再放送だった。

「……一度ならぬ二度までも、か」

「……いまやテレビのレギュラーは毎週五本と波に乗る勢いで休む暇なく仕事をこなし……」という落ち着いたナレーションがかぶさる。

朝志郎は、美人女優と高級ワインを飲みながら臆することなく落語の話を語っていた。

「……なんだろう、こいつのこの落ち着きぶりは」

気のせいか、黒目がちの女優ですら朝志郎の話術の虜になってゆく。いや、錦之助自身もだった。

「……こいつ、何者だよ」

「あなたは、落ち着けば一人前なのに」と文子に日頃言われている自分の姿と照らし合わせてみた。地方に来ていたせいか、さきほどのあんなバカな出来事があったせいか、錦之助には画面から来る光が、まぶしすぎた。なにからなにまで対照的で、もはや笑いたくなるような気分にさえなっていた。

「こんな人気女優を前にしても、堂々とゆったりしゃべれるこいつは、やはりすげえのかもな」

錦之助は目の前にあんな女優がいたら絶対しどろもどろになっている。

小湊が電話で言っていた「朝志郎の陰の努力、コツコツ積み上げてきたもの」を密かに想像しながらも、スイッチを切った。

一息入れて、残りの発泡酒をあおったが、飲んだことを後悔するほど、とても苦く感じた。

「神奈川区民祭りオンステージ」と白地に赤く染め抜かれた横断幕が抜けるような青空に映えている。

横浜の三ツ沢公園の一角には特設ステージがセッティングされていた。地元のハワイアンダンスの団体、和太鼓グループ、詩吟、大正琴などに混じって錦之助の落語が組まれていたのだ。

「たくさんの団体が出演しているけれども、今度は大丈夫だから」

水沼が根拠のない自信でつぶやく。

「あ、僕は大丈夫です」と佐野が言う。

「お前じゃないよ。錦ちゃんだよ」

佐野は暑いはずなのになぜか長袖の格子柄シャツだ。

「ちゃんと錦ちゃんの落語の時は静かにしてもらえるんだろうな?」

「たぶん」

水沼が佐野を軽く小突いた。

「もういいですよ。今日は不測の事態でもできる落語です」

「さすが、プロ」

水沼は露骨におだてる。

「ありがとうございます。最近やっとこの仕事にも慣れてきまして」

佐野が頭を掻いた。

「だから、おめえじゃねえって！」

佐野の頭を小突こうとしたが、見事にかわされた。

錦之助は控室としてステージ脇に用意された白テント内に入った。

白テント内から外を眺めてみる。

観客は相変わらずまばらだが、最近よく聴きにきている小学生の男の子がいることに気がついた。

「また来てくれてるんだ、あの子」

（そういえば、箱根のあの寒い朝の青空落語の時にも、この子、遠くから俺のことを見ていたっけ。あ、サウナでの落語の時も、遅れてきたんで入れずに帰っていったとか……）

錦之助は、この日のために「お血脈（けちみゃく）」という落語を用意していた。

昨晩は「あのスナックでの一コマ」と「朝志郎の番組」のせいで、とてもじゃないが眠りにつけなかった。

ほぼ徹夜（てつや）に近い状態で「スケッチブック」を用いる形に作り直し、「クイズ」なども織り交（おりま）ぜてみた。

（朝志郎は、俺たちに努力している素振（そぶ）りを見せていないだけだ。なのに、俺は、サンストの会長の娘婿（むすめむこ）だという色眼鏡で見てしまっていた）

一瞬でもそう思うことで自らを慰めて自分が傷つかない場所に逃げようとしていた己を恥じた。

俺より売れている人間は、きっと自分よりはるかにつらい環境を経てその地位にいるんだ。

——さ、俺は目の前のこの高座に命を懸（か）けるのみだ。

能天気な出囃子が流れる。

ステージ出演者の身内しかいないような客席の中でやはり件の小学生は目立っていた。

がっかり感しか覚えないが「ラジオを通じて聴いてくれている人もいるんだ」と錦之助は自らを鼓舞した。

作り笑顔百パーセントで錦之助は高座に座って頭を下げる。

「……えー、今日は空席以外はすべて満席です」

男の子の微笑む顔が目に入る。

「ラジオをお聞きのみなさん、ここ三ツ沢公園特設ステージにはなんと六千万人のお客様がお集まりです。あ、申し遅れました、私、福山雅治です」

相変わらず、男の子しか笑わない。

（また今日も、か）

脇に置かれたスケッチブックを持ち上げ、「お血脈」に入ってゆく。

「お血脈」は、別名善光寺由来の一席と呼ばれる噺だ。いわゆる「地噺」と呼ばれる噺の形式で語る落語だ。基本、「あらすじベース」なので途中脱線しても軌道修正できるようなタイプの落語だった。

あらすじは——昔の日本は神道を広く信仰していた。そこに仏教なんていうよそものが来るのはけしからんと、大和の物部守屋は激怒し、教えとともに渡ってきた一寸八分（約五・五センチメートル）の小さな閻浮檀金（プラチナ）の仏像を壊そうと試みたが、仏像は非常に強固で、思うようにならない。守屋は「ぷらちなやつめ」となり、仏像を難波池に捨ててしまう。

数年後、本田善光という人が、難波池のそばを通ると、声が聞こえる。振り返ると閻浮檀金。「世は信州にまかりこしたい。案内をいたせ」との仰せ。本田は閻浮をオンブし、長野へと行き、この仏様を祀ることになるのだが、善光の名から寺の名前を善光寺とした。

その後、善光寺で大人気になったものがあった。それが「お血脈」という印。お釈迦様と血のつながる脈が出来て、「仏様の弟子」と証明されることで、当人がこの世で犯した罪が一切消滅し、その結果、極楽往生できる。額に押すその印のせいで誰もが極楽往生してしまう。すると極楽は人材豊富になり大盛況となるが、地獄に誰もやってこなくなり、人材不足から大不況に陥る——という流れだ。

　ここから錦之助のオリジナルが活かされる。

「――地獄が不況になるとどうなるか？　三途の川に建設予定だったダムも財政難からあの田中康夫さんのまねをして『脱ダム宣言』をすることになります。また地獄の鬼たちも不況から正社員ではなく、非正規雇用になっちゃって、みんなアルバイトをするようになります」

「赤鬼くん？」

「なんだい、青鬼くん」

「アルバイト決まった？」

「いや、ずっと前からハローワークに登録してるんだけど、全然仕事が来ないいんだよ」

「……あ、スマホに一件求人が入った」

「どんな仕事？」

「賽の河原の砂利運び」

「結構肉体労働だなあ。俺、無理だよ、力ないから」

「じゃあ、これなんかは力はいらなそうだけど……血の池地獄の貸しボートの管理人」

「あ、よさげだなあ」

「ああ、ダメだこれ、もう決まっちゃった。お、居酒屋桃太郎ホール主任！」

「……名前が悪いよ」

――反応こそ薄いが、客席の男の子は興味深げに聴いている。

（いいなあ、この子）

そして――困った閻魔大王が善光寺から「お血脈の印」を盗んでくるよう、泥棒名簿から指名したのが石川五右衛門だった――。

途中、「仏教が日本に伝来したのは何年？」など、スケッチブックを用いた歴史クイズなどを織り交ぜたのだが、男の子だけしか反応を見せてくれない。吹いてくる風は薫風のはずだが、錦之助の心の中ではハリケーンだ。やはり落語は屋外でやるべきものではない。

そこで男の子のみに語りかける形に切り替えてみた。

「仏教が日本に伝来したのは、五三八年！」と男の子が答える。

「君すごいね？」

「五五二年という説もあります」

「おい、君、おじさんより詳しいなあ。名前は？」

「稲村達樹(いなむらたつき)」

「職業は？」

「小五」

「職業かよ！」

　ケラケラと笑う。

（よし！）と思ったその時だった。

　突如、スピーカーから、石原裕次郎の『ブランデーグラス』が響きだした。

　歌っているのは素人(しろうと)のお爺さんのようだった。

　聞こえてくるのは錦之助の背後からだ。どうやらグラウンド奥で次の発表の順番を待つカラオケ団体の練習らしい。

　水沼が血相を変えて「佐野、どうなってんだ?!」と騒ぎだす。

「スピーカーの電源、入ったまんまだった」

佐野はあわててスピーカーの音を止めるため、最短ルートをたどろうと錦之助の高座前を突っ切って行く。

「♪白い小指　ためらいながらからませ～　わははは」

周囲も酔っ払っているらしく、下卑(げび)た笑い声までもがスピーカーから拡声(かくせい)される。

「早くスイッチを切れ！」「どこにあるかわからないんですよ」

水沼と佐野のまるでコントの掛け合いのような会話までもが無神経にもラジオの電波に乗っている。

客席はもはや苦笑するしかない雰囲気だった。

ここまで錦之助が築いてきた世界が一気に台無し(だいな)しになってしまった。

「――ラジオをお聞きのみなさん、いまとんでもない現場です。なぜか、『ブランデーグラス』がＢＧＭの落語になってしまいました」

実況中継スタイルに切り替えて急場をしのごうとするのだが、ないがしろにされた屈辱、いや、なにより「芸人としての自分の扱いはこの程度か」という劣等感が襲う。

顔で笑って心で泣くしかない。

(二つ目になったのに、花は咲いたはずなのに、一生懸命しゃべっているのに)

(ふざけんな！　こんな場所で落語なんかやれるかよ！)

(……もう勘弁してください！　こんなところでなんかまともな落語できませんから)

怒りを爆発させて言おうと思った時、ずっとひたむきな姿勢で錦之助を見つめる達樹とふと目が合った。

射貫(いぬ)かれたのは錦之助のほうだった。

明らかに、いままで人を裏切ったことのないような目の輝きに、一瞬おぼれそうにすらなった。

(そうだ……達樹君を信じよう。ここは嵐の荒れ狂う岬(みさき)なんだ。俺の落語がまさにそんな中の一艘(そう)の頼りない小舟だとしたら、あの子の目の輝きが灯台(とうだい)なんだ。あのか細い灯(あか)りを信じて向かおう)

錦之助は、達樹に賭(か)けてみることにした。

(きっとあいつなら俺の思いを受け止めてくれるはずだ)

達樹との間に奇妙な信頼関係が構築されたように思えた。

そんなことはまったく知らない客席は、嘲笑の渦だ。

いつの間にやらビールを片手に、冷やかしの口笛を浴びせる人もいる。

憐れみの目で見つめる人もいる。

席を立ちその場から去ってゆく人もいる。

調子っぱずれのだみ声はさらに轟く。佐野はまだ、スピーカーのスイッチが捜せないらしい。

その歌の歌詞をもじって「……私の心の中こそ土砂降りです」と言ってみた。

今日初めて落語に接した人がいたとすれば、「落語って、面白くない」という感想すら持つかもしれない。

でも。

バカにしたきゃするがいいさ。

同情したきゃするがいいさ。

（今頃、朝志郎はセレブな観客を前に、おしゃれな空間でキレイに落語をやっているんだろうなあ……）

(いや、比べるのはナンセンスだ。悔しいが、俺が談志師匠クラスだったらこんな仕事は絶対来ないだろう。こういう仕事をしているということは、まだ俺がこのレベルの芸人だって思われているからだ。悔しかったら、もっとランクを上げればいいんだ)

自らを元気づけたり、なだめたり、折れそうな心をとにかくいたわりつづけた。

ふと、師匠の錦生からもらった談志直筆(じきひつ)の色紙の言葉「笑われるまでにピエロはさんざ泣き」を思い出す。

(ピエロか――それもいいさ)

――目の前の、たった一人でも喜ばせることができたら、それでもいいさ。

検査室での、あの局部に走る痛みのあまり絶叫していた生後二か月の優の、あのつらさに比べたら。あ、そうだ、あの検査はまた来月やらされるんだった。そんなことを知らずにいるんだよね、優は――。

(ゆう、パパ、頑張るよ。パパはいま好きな落語をしゃべっているんだから――)

「お血脈」はラストに近づいていった。

五右衛門が、見得(みえ)を切る。

「……うはっははは。ありがてえ、かたじけねえ、まんまと善光寺の奥殿に忍び込み、首尾よく奪ったこのお血脈の御印、これせえ、手にへえりゃあ、大願成就。はああ、かたじけねえっと……額にお血脈の印を押したものですから、今度は五右衛門が極楽に行っちゃった」と、なんとかオチを言い放った。

「……いやあ、ラジオの前のみなさん、お聴きいただきましたか？　おなじみの『お血脈』でございました！　いいですか、みなさん、みなさんもお聴きいただいたように私はいま極楽ではなく、まさに地獄にいます。以上、地獄のような屋外生落語会場から、あなたの錦之助でした！」

控室ではさすがに水沼も佐野も錦之助に恐縮しっぱなしだった。沈黙が流れる間、そそくさと錦之助は着替えを終えた。怒鳴りたいと思っていたが、「無言に勝る怒りの表示はない」との判断から、ずっと黙っていることにした。

「お前、なんでチェックしとかねえんだよ」

「いや、スピーカーのスイッチがどこにあるかまではわかりませんよ」

水沼と佐野の間で、責任のなすりつけ合いが始まった。

「錦ちゃん、怒ってる？」機嫌を取るように水沼が言った。

当たり前のことに一体どう答えたらいいのだろう。

「……怒っていませんよ、たぶんあきらめていますよ、ねえ錦之助さん」

佐野が言ったのをきっかけに錦之助はテントの外に出ようとして、一言だけ言った。

「僕は耐えることができても、落語がかわいそうです！」

確かに不愉快そのもので、落語の根本否定のような環境ではあったが、そうはいっても、錦之助は仕事をもらう立場で、その仕事は選べない。そして落語にはなんの罪もない。ここで感情にまかせて怒りを発露したところで、仕事がなくなってしまったらひとたまりもない。

どんな環境でも耐えなければいけない身分なのだ。

ひとまず外の空気を吸いたくなった。

「あの、お疲れさまでした」

達樹が子犬のように近づいてきた。

錦之助が出てくるのを待ち構えていたようだった。

「いつもごめんな、毎回こんなんばっかで。ほれ」

詫びのつもりで腰のポケットから出した芸名入り新品の手ぬぐいを渡した。達樹は一気に満面の笑顔になった。

「もらっていいんですか」

「俺からのせめてもの罪滅ぼしさ」

「ありがとうございます！ あ、そんなことないです」

嬉しさをかき消すかのように達樹は首を横に振った。

「あのさ、落語って、言っておくけどあんなもんじゃないんだよ。きちんとした場所でやったら、本当に面白いんだから！」

幾分怒りを込めていたのだが、その怒りに対して達樹は責任を感じてしまったかのように頭を下げた。

「ごめんなさい」

「いや、なに言ってるの、君のせいじゃないって」

「でも、僕、客として謝らせてください」

年端の行かぬ子にそんな気持ちを抱かせてしまって、錦之助はとてつもなく済まない気分になってしまった。

「あ、いや、そうじゃなくてさ、君が頭を下げるべきもんじゃないんだ」

「でも、僕こうすることしかできないんです」

「あ、いいよ、もういい、ほんとごめん！」

（……水沼と佐野はオトナなのになぜこういう気持ちになれないのか）

「あの、僕うまく言えないけど錦之助さんて、強い落語家だって思っています」

「俺、華奢だよ」

「いえ、そうじゃなくて。僕、落語が上手いとかそういうのはよくわからないけど」

「そこはわかってほしいけど」

「あの、一度始めたことを最後まできっちり語るってすごいと思います。この前の箱根の時とか今日みたいに」

錦之助は今日とは正反対のあの日の箱根の寒さと役に立たなかった使い捨てカ

イロの冷たさを思い出した。

達樹はまっすぐに錦之助を見つめた。

「今日はたまたま練習が休みなんですが、僕、リトルリーグに入っていて、でも、あんまり上手くなくて、補欠なんです。あとから入ってきた四年生にレギュラー取られちゃって。背番号も一人だけ五十六番なんです。ほかの五年生はみんな九番までなのに。対戦チームの子たちからバカにされたこともありました。『でかい背番号！』って。やめちゃおうかなって思ったんですけど、でも、やっぱり続けようって」

達樹は唇（くちびる）を嚙んだ。言いたくないことだったのだろう。

「今でも続けているの？」

達樹は頷いた。

「それって、まさか、俺の落語を聴いて思ったの？」

「はい！」

力強い返事に錦之助はたじろいだ。

「落語ってオチがすごいじゃないですか？」

「オチ？」

「オチは野球で言うならゲームセットかなって。どんな負け試合でもゲームセットはきちんと迎えなきゃ。野球も落語も終わったあとが好きなんです。そこには勝ちも負けも面白いもつまらないもない。オチは公平なんです。だから僕はいまは補欠だけど、きっと落語のオチみたいにラストはさっぱり行くのかもなって。うまく言えないけど、やっぱり落語ってすごいんです」

「君はうまくいってるよ、充分」

上気（じょうき）した達樹の頭をなでながら錦之助は言った。

「今日の、あの石川五右衛門が極楽に行っちゃうっていうオチで、すべてが救われたと思ったんです。ここは確かにひどい場所だったけど、ま、いっかって」

「ま、いっか、か」

「はい、僕、『ま、いっか』って言葉が大好きなんです」

「変わっているな、君は。いつも一人で来るの？」

「母と二人暮らしなんです」

「で、お母さんは？　今日も一人？」

「母は、夜のお店を一人でやっているんで。昨日も遅くに帰ってきて、まだ寝ています」

ふと達樹が遠くに視線を逸らした。

やはり彼も寂しいんだ。

落語を愛する人間は誰もが寂しいんだ。寂しいからこそ落語が好きになるんだ。

錦之助はなぜか昨日の袋町の香のことを思い出していた。

(――もしかしたら、昨夜のあの妙に色っぽかった上田の香にもこんな年頃の男の子がいるのかもしれない。息子にはとても言えないギリギリのところでサービスして、酔っ払った俺みたいなバカな客を精いっぱいもてなしているのかもなあ)

「なあ?」

「はい?」

「お母さん、美人か」

不意打ちを食らったような達樹が言った。

「美人です」

鼻をツンと突いてやった。

「ありがとう。君の今日の言葉で、俺は救われたよ。でも、俺は君が思う以上に弱い男だよ。今日なんかはブチ切れて途中でやめようとさえ思ったんだ。でも逃げないでよかった。君のおかげだよ」

「ほんとですか！」

「お互い、本当のオチはこれからだよ。きっともっとすごいオチがこの先にあるんだ」

「？」

「つらかっただろうけど、お母さんと二人だけになっちゃったのも一つのオチ。悔しかっただろうけど、下の子にレギュラーを取られちゃうのもオチ。今日ここで君に会えたのもオチ。でもこの先にはもっともっと、俺たちのさ」

「……大きなオチがある……」

達樹が言葉をつないだ。

「もっといいオチがつくような、いい落語、いつか君に聴かせてやるからな」

錦之助は自分に言い聞かせた。

成長期の小学生の男の子は、一瞬で身も心も成長してしまうものなのかもしれない。達樹の横顔を見て錦之助はそう確信した。

その健気な視線の先に一体なにがあるのだろう。

錦之助はそのあとを追うように、目を走らせた。

二人の頭上にはいつの間にか一筋の飛行機雲ができていた。

黒板に、チョークの側面で書いたような白線はどこまでも続いてた。果てしなく、どこまでも、どこまでも。

第四話　老人ホームの師匠

有楽町の駅の前にそびえるように建った真新しいホテルは、最上階にあるバンケットルームが昨今人気の刑事ドラマのクライマックスシーンが撮影された場所でもあり、話題になっていた。

「……それでは、東都大学落語研究会名誉会長の初代唐突家圓突師匠こと舟山公邦さまよりご挨拶申し上げます」

現役学生部員の手慣れた司会で、舟山がステージに上がる。

八十歳を優に超えているとは思えないほど、元気で快活だ。

「……我々、東都大学落語研究会は、日本の大学で最初の落語研究会であります。格式高く、当時は、昭和の大名人と呼ばれた桂文楽師匠、古今亭志ん生師匠、三遊亭圓生師匠、そして柳家小さん師匠らにも注目されていました」

小柄な会長の後ろには、「東都大学落語研究会設立六十周年記念パーティ」と墨痕鮮やかにしたためられた横幕が掲げられている。

舟山は、このホテルの会長を務めていた。

総勢二百人ほどだろうか、老若男女（ろうにゃくなんにょ）といいたいところだが、ほとんどが中年から高齢のＯＢもしくはＯＧだった。

名誉会長の挨拶のあと、乾杯へと移り、会食が始まる。

「うそーすごい！　談志（だんし）師匠って伝説の人ですよね！」

「落語家さんってどんな毎日なんですか？」

なんていう黄色い声が飛び交う会話にはならなかった。

ミーハーとマニアックのバランスの取れている落語好きの女子大生たちと、あわよくばお友達になれるかも、という錦之助（きんのすけ）の淡い期待は完全に裏切られた。

さらに、五人ほどいたはずの同期は誰も出席していない。仲の良かった先輩や後輩の姿も、見当たらない。

そしてまた会費の一万円は二つ目レベルの若手落語家には痛い出費だったが、その投資に見合うような料理ではなかったことも少しイラついた。とても量が少なく、参列している人間の腹を満たすだけのものはなかった。

錦之助は着け慣れないレジメンタルのストライプタイに、首を絞められているような感覚だった。

水割りと、比較的並ばずに手に入れた、冷めかけたえびピラフと、ザワークラウトの山盛りの皿を手に、ぽつんとたたずむしかない。

「……一万円出して、これだけかよ。吉野家何回行けるかな」

要するに「初めて会うような年寄りだけの会」に闖入してきた若者、それがいまの錦之助の正直な気持ちだった。無論三十五歳は決して若くはなかったのだが。

初めて会う人たちだと、自分のこれまでの経緯、「なぜ会社をやめたのか」「なぜ落語家になったのか」「なぜ錦生の弟子になったのか」あたりから説明しなければならないのがとても重荷だ。

おまけに名札の本名の欄には、「山水亭錦之助」と記されているので、それはそれは目立つ感じだった。

上から目線で近づいてくる人たちにとって「売れていない落語家の名前」は、ハゲタカの集団に放り込まれた肉の塊のようなもので、かっこうの餌食になってしまった。

　まずは壮年の男性たちが錦之助を取り囲んだ。面倒くさかったが社会人経験もある錦之助は、身分の下の者が先に名刺を出す礼儀ぐらいはきちんと心得ていた。

　男性は名刺を受け取ると、懐から名刺入れを取り出し、自慢げに中の一枚を錦之助に渡した。「中井物産資材部」と威風堂々と所属先が記されている。

「なに、落語家？　本気？」

　眼鏡に手をやりつぶやいた声につられて、彼の同期と思しき男性が数人、名刺を覗き込んでいる。

「おい、須藤、こいつだよ、わが落研初のプロの落語家！」

　須藤と呼ばれた男が、錦之助に近づく。

「あ、初めまして！」

　名刺を配ろうとする錦之助を頭のてっぺんから足のつま先までなめるように見下ろした。

「あ、君？　食えてるの？」

　ネズミ男のような貧相な顔だが、この須藤も「四菱重工総務部」という肩書きの名刺を錦之助に恵むように渡す。

「おう、ここにいるぞ、プロになっちゃったやつが」

と少し大きな声で言うと、周囲から一斉に声が漏れる。

「うちからはプロは出ないと思っていたのに」

「若い身空で」

「まじか、そんなやついたんだ」

「ああ、噂では聞いていたけど」

「よく今日の会費払えたな」

「物珍しいな」などと、後輩という気安さもあったのだろう、口々に真っ正直な気持ちを無遠慮にぶつけてきた。

「一年アメーバ、二年虫けら、三年人間、四年天皇、ＯＢ神様」という、「文化団体の体育会」と呼ばれた落研は、基本、先輩は後輩に対して偉そうな態度である。それは現役時代から錦之助は慣れていたつもりだったが、やはりあんまり気持ちのいいものではない。

「いくら、稼いでいるの？」

「まあ、そこそこですよ」

「でもさ、つらいだろ？」

「ええ、でも好きで入った道ですから」

錦之助は、矢継ぎ早の質問攻めに辟易した。

「いやあ、ほんと貧乏なんですよ。苦しいです」「食えないんですよ」「助けてください」という答えを期待している予感がしたので、意地でも強がった。

こういう「人の気持ちを先読みする訓練」は前座時代に培ったものだったが、まさかこんなところで役立つとは、と錦之助は思った。

おおむねこうなることは予測できてはいた。初めて会う先輩が多いのに、名刺を見て若手落語家とわかるとさらに集まり出し、どの人も上から目線で見始める。

錦之助の出身大学は、難関の部類に入るせいか、落語研究会からプロの落語家になったのは錦之助ただ一人だったのだ。いや、それが話題になって、マスコミで顔が売れてでもいたら、扱いは変わっていただろう。

「朝志郎って知っている？」

「あ、会ったことはありませんが」

（なんでそいつの名前をあえて出すのかなあ）

「あいつ、うちの会社の講演で来てもらったんだよね。よかったよ。三十万円とか言っていたっけ。君はいくら？」

「……あ、それはご勘弁を」

「久しぶりに顔出したら。仕事につながるかもしれないし、つながらなくてもなにかヒントにはなるはずよ。それに東京の新名所のホテルでしょ！　いいなあ」

文子の無邪気なアドバイスで気乗りはしなかったものの出かけた落研設立六十周年記念パーティだったが、来たことを後悔した。

中でも人一倍面倒くさかったのは学年が一つ上の先輩である沼尾だった。

「あ、須藤先輩、ご無沙汰です」

錦之助のそばにいた須藤に露骨にゴマをすって近づいてきた。

「よ、シュウジ、生きてたか？」

わざと強く錦之助の肩を叩いた。

「……ご無沙汰しております」

錦之助は、形だけの会釈をした。

「なんだ、沼尾の後輩か」

「そうなんですよ、出来の悪い、一つ下の。なあ、シュウジ？」

あえて「錦之助」という芸名ではなくシュウジと本名で呼ぶところに底意地の悪さを感じた。

肥満体を大袈裟に揺すぶりながら沼尾は偉そうに言う。

「お前、一万の会費、よく払えたな」

「いやあ、さっきからその話で持ち切りだったんだよ」

性格の悪い者同士の薄笑いを浮かべた顔が錦之助の心に刺さる。

「俺、腹減ったから、ローストビーフ取ってくる。錦ナントカさんもたくさん食べな。普段食べれていないんだろうから」

と言って、須藤は離れていった。

面倒くさいのが一人減ったので幾分、気持ちは楽になった。

しかし、相変わらず沼尾はしつこかった。

「お前はプロではモノにならないと思っていたけど、やっぱりだったな」

「……」

「……二つ目になるまであんなに手間取ってさ。七年だっけ」

「……よくご存じで――」

「いやあ、俺も落語家になろうかと思ったんだけどさ、前座修業に時間かかっていたお前を見ていて、やっぱり落語家にならなくてよかったと思ったよ」

もらった沼尾の名刺をよく見ると、須藤の会社の系列のようだった。家に帰ったら即刻破り捨てよう。

「後悔しているだろ？　そりゃそうだよな」

どこまでも居丈高（いたけだか）の圧を加えてくる。

「まあ、いいじゃないですか、私の人生なんですから」

「お前、歌が下手（へた）だったもんな」

学生時代に落研の納会で、カラオケに行って笑われたことを思い出す。みんなで御宿（おんじゅく）のカラオケボックスに入った時に歌ったのは、サザンオールスターズの『チャコの海岸物語』だったが、落研メンバー中、最下位の三十九点だった。

あの時浴びた嘲笑（ちょうしょう）と、それとは正反対のあの歌の旋律（せんりつ）が頭の中でリフレインしていた。

確かに錦之助は歌があまり上手くなかった。前座期間が長引いたのも、真打（しんう）ちの声がなかなかかからないのも、基準である小唄（こうた）や端唄（はうた）でつまずいたせいだ。

（……俺の弱点を知ったうえでわざと突いてきているのか）

歌が普通に歌えていれば、前座を二年は早く卒業できたはずだ。

「あ、この前聴いたよ、ラジオ。売れない落語家は外で落語をやらされるのか」

錦之助はこらえた。

「だいたい、あんなの聴いているやついるのか、不思議。作っているラジオ局も」

自分はバカにされてもいい。が、水沼（みずぬま）やボーンヘッドだらけではあるが佐野（さの）といい、スタッフは大切な身内だ。それに、リスナーまでバカにされるとは……。

「確かお前の師匠、錦生だろ。談志の影法師（かげぼうし）の。協会でも浮いていた人だったよな」

「あの、師匠のこと、悪く言うの、やめてもらえます。お願いですから！」

陰で言われている分には仕方ないが、面と向かって言われたら、これは許せない。爆発のカウントダウンが始まった。錦之助は腕っぷしは強くなかったが、これだけは許せなかった。

落語が好きで、談志が好きで、錦生が好きなだけで落語家になっただけなのに、誰に迷惑をかけているというのだろう。

錦之助の殺気を察知したのか、幾分トーンダウンしながらもなおも執拗に沼尾は追い込んでくる。

――俺をどうしたいんだ?

落語家への道は間違っていました。後悔しています。先輩、助けてください。食えていません。カミさんも幼い子ども二人も毎日ひもじい思いをしています。カミさんは「あなた、もういい加減、夢を追うのはあきらめて」と言っています、と俺が言うまで侮辱は続くのか――。

「俺も談志が生きていたら弟子になりたかったんだよね。ねえ、なんで落語家になったの？　ねえ、ねえ」

「……知りたいですか？」

「あん？」

「教えてあげますよ。あなたみたいなサラリーマンにはなりたくなかったからです」

（文子、駿、優、許してくれ。パパはこいつだけは許せない――）

手にしていた水割りをぶっかけてやろうと思った時だった。

錦之助の肩甲骨の中央部分の、痛いような気持ちいいような敏感な部分を、背後からいきなり一突きされた。

「痛っ……？」

「――あっちで飲もうよ」

慌てて振り返ると、やせ型の杖を突いた作務衣姿の老人が立っている。ほかのどの落研の先輩方より、眼光は鋭く感じた。

「あ、はい。では、失礼します」

気勢をそがれた格好の沼尾を横目に見ながら、その老人のあとをついて行く。

「しかし、君、よく怒らなかったな」

また錦之助の肩のツボを中指で突いた。

「ずっと君とあいつとの会話、聞かせてもらってたよ」

さらに、今度はさきほどより強く突く。かなり痛かったので、

「なんですか、それ？」とたまらず錦之助は尋ねた。

「ストレス緩和にはテキメンの、天宗ってツボ。痛いけど気持ちはいいだろ？」

「はい」

「俺さ、昔から人を値踏みするようなやつ、大嫌いでさ。須藤とつるんでいるようなやつだから、ロクでもない男だよ、あれ。あんなの気にすんなよな」

「ありがとうございます」

砂漠の中でオアシスにたどり着いたような感じだった。

「耐えたら耐えただけいいことあるよ……うちらの仲間たちと飲もうよ。爺さんばっかりだけどな」

「あ、名刺を」

老人に名刺を渡すと、この会場では一番だと思うほどていねいに自分の名刺を寄越してきた。

肩書きもなにもなく、「望月五郎」とだけ印刷してある。

「あ、あのご職業は？」

「真田家の家臣」

「マジですか？」

「それは六郎だよ。俺、これ本名だからね」

「で、お仕事は」

「こんな年寄り、働いているわけないだろ」

　肩書きのない名刺は、その日もらったどんな名刺よりもカッコよく輝いている。

「なにかあったら、裏にメールアドレスが書いてあるから。話は聞いてやれる。なにも力にはなれん年寄りだけど、経験だけは豊富だからな」

　七十代半ばぐらいだろうか。錦生よりは十歳ぐらいは上だろうと思われるが、言動がテキパキしている。

「……君の憧れの談志は暴力絶対反対だったもんな。本当は談志の弟子になりたかったのに、談志は亡くなり、一番初めに落語を聴いて感動した人の弟子になろうと決意した。それが、錦生だったんだろ」

　錦之助は言葉のボディブローを決められたような心持ちになった。

図星だ……一体何者なんだろう。自分のすべてが見透かされている。

もしかしたら、やはり真田の末裔かなんかで、武道のすべての奥義を知り尽くした武術の達人ではないか。

「則遣変化人」という日蓮宗の言葉がある。目の前に使わされた人は、菩薩が姿を変えた人だという意味だ。

神様から自分の窮地を救うために使わされた浮世の綾を知り尽くした老師に違いない。

運命的な匂いを感じたので、錦之助は思い切って聞いてみた。

「……なんで、僕のこと、知ってるんですか？　あなたはもしかしたら……」

錦之助の言葉を遮るかのように、

「……ウィキペディア」

望月はにっこり笑ってスマホを掲げた。

「……俺は、仙人じゃねえからな。よく期待されるけど」

望月は茶目っ気たっぷりに舌を出した。

「へえ、またモチやん、面白い子連れてきたな」

「いいなあ、若いって」

「まあ、飲もう？」

「なににする？」

「じゃあ水割りで」

「俺も、そうしようかな」

口々に年配者が錦之助の周囲に集まってきた。年恰好は老齢の域の人たちだが、あのころの私立大学に通っていた人たちらしく、育ちのよさげなたたずまいは、洋服のことなんかまるで詳しくはない錦之助にもわかった。

「俺は酒苦手だから、ウイスキーなしの水割り」

給仕していたコンパニオンが笑う。シャレまでも気が効いている。

「俺は昔、歌手になりたかった。いやあ、レコード会社に持ち込んだよ」

「俺は、小説家になりたかった」

「俺は、役者だなあ」

「いいよなあ、若いって」

多勢に無勢という構図はさきほどとまったく同じではあったが、前が冷淡だったのに対して、こちらにはいたわりの眼差しとぬくもりが感じられた。

錦之助はいつの間にかさきほどの怒りをすっかり忘れていた。

「いやあ、暮らしは食べるので精いっぱいですよ」

「いや、そんなのいまのうちだけだよ」

望月がまた優しく錦之助の天宗を突く。

今度は安心感を覚えた。


「悔しかったら、売れるしかないじゃない」

駿が大好きな積み木をする脇で文子は優のおむつを替えている。

優は指をくわえてずっと天井の周りを目で追っている。

今日の沼尾との一件を始め、望月との出会いなど、パーティの様子を文子に報告していると、いつの間にか慰めてもらったような気分になってゆく。

しかし文子はやはり強かった。

「わたしも、あなたがいまのままでいいなんて思っていないもの」

「でもさ、お前言ったじゃん。行けば仕事につながるかもって」

着け慣れないネクタイを外しながら吐き捨てるように言った。

「ねえ。ちきしょうって気持ちにさせてもらって頑張るのと、お情けでお仕事もらうのと、どっちが嬉しいかな？」

駿や優に話しかけるのと同じトーンだった。

「腹立つ、その言い方。俺は子どもかよ」

「子ども以下よ。この子たちより手がかかるもん。ねえ、駿のほうが、おりこうさんよねえ、パパより」

「パパ、おうた、へた」

――駿が追い打ちをかけたので文子が爆笑し、それに驚いた優が泣き出した。

「なんべんこのかたちでぼくを泣かすんだよ、もう」と訴えているような泣き方だった。

「小さい子にもわかるんだ。ほんと、壊滅的に下手よねえ、パパ」

図星だった。幼稚園のお遊戯会でも錦之助が歌う時にそばにいた駿は耳を両手で塞いでいたものだ。入園式で歌った『となりのトトロ』みたいな簡単な旋律でも調子っぱずれで、ほかの父兄たちが顔をしかめた。

「……でも、その望月さんっていうおじいちゃん、何者かしら。整体の先生かな?」

「いや、わからん、でもここを一突き!」

自分がされたことを文子にやってみる。

「あ、痛い、やだ、でも気持ちいい」

文子は一瞬身体をのけぞらせた。

ネットで調べてみると天宗というツボは、肩凝(こ)りのツボで、「痛(いた)気持ちいい箇所」の代表格だった。

「待って……あ、肩の凝り、取れたかも」

(不思議な先輩だった)

右肩をぐるぐる回して、文子が言う。

「きっとさ、その人たちみたいなおじいちゃんたちはさ、あなたみたいな無邪気(むじゃき)に、無防備に夢に向かって行く人たちを微笑(ほほえ)ましく思っているのよ、たぶん」

「芸人の女房は、『あなたはいまのままで大丈夫。私が働くから』というのはダメなんだ。『もっと稼いでよ』というぐらいじゃなきゃ芸人は出世しない」という大好きなビートたけしさんの言葉を反芻した。

「まあ、年寄りは無責任にそう思うのかもな」

「ううん、年齢なんかじゃない、きっとあなたに絡んできた、コネで入ったようなおデブさんも、そう思っているはずよ」

「お前、俺よりひどいこと言うなあ」

「わたしの大事な人にそんな仕打ちをするんだもの、わたしがバカにされたのと一緒。絶対許さない」

文子は漢気あふれるキリッとした目になった。

「……その汗の臭そうなおデブさんは望月さんたち以上に、うらやましいと思っているのよ、あなたのこと。絶対」

ここでさりげなくフォローしてくるのが文子の優しさだった。

「沼尾が？　まさか。うらやましいわけないだろ。こんなカネも仕事もろくにない芸人なんてさ」

「だって、いくら大企業に勤めているからって、落語家みたいに毎度好き勝手なこと言えてるわけじゃないし。気になるからしつこく絡んできたのよ。相手にしなけりゃいいのよ」

ほんとその通りだった。

「その人、落研に入っていたってことは落語が好きなわけだし、もしプロでやれたらいいなって気持ちを持っていたんじゃないかな」

「こんな俺みたいな半人前でもか」

「半人前でもあなたはプロ。侮蔑を羨望に変えればいいだけ」

優が小さくくしゃみをした。

駿が「できた！」と大きな声を上げた。いままで作った中で一番高い積み木がそこに完成していた。

「一人でさ、壁相手に落語をやっていても上手くはならないよ。うちのおじいちゃん、おばあちゃんたちに聴かせてあげてよ」

水沼の知人で、千葉市内で老人ホームを運営する白石からの電話だった。

白石は、いつも笑っているような陽気な五十代前半の男だった。年中ポロシャツを着ているようなイメージの白石は、かつてウェイトリフティングで国体にも出たことがあると水沼からは聞いていた。道理で胸板が分厚いはずだ。

「錦之助さんだと他人行儀だから、俺は錦ちゃんと呼ぶからね」

と、人一倍人懐っこい目になった。白石は、初めて会った瞬間から錦之助を気に入ってくれた。

「水さん、この人、俺、借りてゆくから。千葉まで拉致するから」

一か月前のことだった。

「青空落語」の収録現場に訪れ、番組終了後、車好きなら誰もが振り返ると言われている真っ赤なスポーツカー、ケータハム・スーパー・セブンで迎えにきた。

「はい、乗って。ゴーグル付けて」

助手席に座ることとゴーグル着用を促した。即座にエンジンを入れ、稼働させると、かつて聞いたことのない爆裂音が鳴り響く。

滑るように空を切ってオープンカーは走ってゆく。

風を切るのが心地いいばかりか、道行く人たちみんながこちらを見返るような感じは我を忘れるほど心が躍る。

「どうだい？　いいだろ、一四〇馬力」

「すごい！」

錦之助は初めての体験に感嘆の言葉しか出ない。

「排気量1600cc。もともとはロータス・セブンだったんだけど、ロータスが権利を手放して、ケータハム社に譲(ゆず)ったんだ」

いつの間にか入った国道は空(す)いていた。白石は一際(ひときわ)強くアクセルを踏んだ。

「この加速が気持ちいいんだよ。新車じゃないけどさ五百万もして、維持費(いじひ)もすごいんだよね」

低い車体から眺める景色の美しさに錦之助は見惚(みと)れていた。

「どう、眺めもいいでしょ？」

「はい、こんな低い車体の車に乗ったのは初めてです」

「そこなんだよね、低い車体だと、下から目線でしょ。ほんと下から目線で眺めたほうが絶対楽しいんだよな」

「下から目線？」

「世の中のやつらってさ、みんな上から目線のポジションに立ちたがるでしょ？」

錦之助は先だっての偉そうな落研のOBたちの姿を思い浮かべていた。

「近頃ほら、マウント取るとかいう言葉も流行っているでしょ？　みんな上から目線になりたがるのはさ、自信ないからなんだよ。こうしてさ、下から世の中見ているとさ、ほーら、向こうの角からこっちに向かって歩いている小学生たちだって、なんだか偉く見えてくるのよ」

すれ違いざま、小学生たちの一団は歓声を上げて錦之助らを見送った。

「あの子たちの中には、もしかしたら片親家庭の子もいるかもしれないし。両親が元気でも夫婦喧嘩が絶えない子もいるかもしれない。いや、そんな深刻じゃなくっても、ピーマン嫌いをなんとかしたいって、傍から見れば大したことじゃないことを真剣に悩んでいる子もいるのかもしれないって。妄想かもしれないけどさ」

「でも、それって優しいってことですよね」

「そうそう。面と向かって言われると、照れるけどね。俺たちの老人ホームの仕事って、そういう感じで相手を想像しなきゃできない仕事なんだよね。みんな年上だから」

「……」

「よくわからないけど、錦ちゃんたちの世界ってめっちゃ修業厳しいんでしょ?」

「はい、まあ」

「それってさ、この車で人生を走っているような感じなんだろうなあ、きっと。自分より周囲の人たちのほうが上に見える感じ」

錦之助は頷いた。その通りかもしれない。

「下から目線ってさ、なんだかすべてが自分より上にいるから、すべてがすげえんだなって思える目線なのかもな。謙虚とかとは、違うよね、それは。『みんなすげえじゃん』って思えるって感じかなあ。だからそういう訓練を知らず知らずのうちに積んじゃってるんだからさ、落語家って、俺、本当にすげえなって思うよ」

「いや、ありがとうございます」

お世辞にしても嬉しかった。

「上から目線だと相手の頭しか見えないけど、下から目線だとさ、相手のすべてが見えるんだよ。人生、下から目線」

「なるほど」

「あ、俺、何気に落語家さんに向かってうまいこと言っちゃった？」

錦之助は微笑んだ。

「大変だろ？　水ちゃんの持ってきた仕事？」

「青空落語」のことを言っているのだろう。確かにあの「カラオケが鳴り響く中での落語」は、落語家としての存在を全否定されたようでキツかった。

「水ちゃんもさ。あんな仕事は錦ちゃんにしか頼めないって言っていたっけ。つらいよな。だって落語なんか、催眠術みたいなものじゃん。そこに雑音が入ればおしまいだもん」

「携帯電話が鳴るだけで白けちゃいますからね」

「だよなあ。でもさ、仕事って、迷い込んできた子犬みたいなものだなあって俺なんかは近頃思うんだよな。キツイ、厳しい仕事でもさ、自分を頼りにクンクンと尻尾振ってやってきたやつだと思うとさ、かわいく思えてくるような気がしてさ。あ、ごめんね、プロを前にずっとえらそうなこと言っちゃって。老人ホームやってるオヤジのたわごとだと思って、この風と一緒に受け流してね」

錦之助は、吹き抜けるこの風に渡したくはないほどの大事な言葉をもらった気がした。

「……下から目線、いい言葉ですね」

錦之助は胸に刻んだ。

赤いスポーツカーでの千葉までのドライブか、その際の白石との会話で酔ったのか、場所を千葉市内の四国料理の居酒屋「竜太郎（りゅうたろう）」に変えた時点で、すでに錦之助は出来上がっているような感じだった。

高知名物、ダバダ火振栗焼酎（ひぶりくりじょうちゅう）のお湯割りと、カツオのたたきが異様に美味（おい）しく感じた。

カツオの焦（こ）げ目のところがなにより風味（ふうみ）が強くて、舌の上でとろけるようだ。そんな甘味（あまみ）を、ダバダ火振が中和（ちゅうわ）する。きつめの焼酎だったが、土佐の荒っぽさが白石のキャラと似合っているような気がして、なんだかとても面白かった。

「白石さんは、なにがキッカケで福祉（ふくし）の世界に入ったんですか？」

錦之助は、お通しで出てきた藁焼（わらや）きのカマンベールを一つまみして聞いてみた。

「共同経営者で看護師やっている女性から頼まれたんだよね。好みのタイプの人でさ、美人なんだよ。俺、もともと別の仕事をしてたんだけどさ、いま俺がやっている老人ホームがさ、そのころ債務超過になっていて、なんとかしてもらえないかとね。俺、下心百パーセントだったよ」

白石は、自分の言葉に笑っていた。

「あのころ、俺、臨時の千葉市の仕事、ま、公務についていたんで、休職届と職務専念義務免除なんかを申請して、一時的に経営を手伝ってさ。で、再建のめどがたったらまた元の仕事に戻るつもりだったんだけどもね。おじいちゃん、おばあちゃんの顔を見ていたら、情が移っちゃってさ。捨てておけなくなっちゃったんだよね。ま、化粧品会社にも勤めたこともあったし、株もやったし。いろいろやったから、この仕事もいいかもって。そのころかな、老人ホームの裏側みたいな番組作りで水ちゃんと知り合ったの。あ、火振のお湯割りもう一杯もらえる？」

白石はグラスの残りを一気に飲み干した。

「世の中、すべて大事なのは情念なのかもしれませんよね。カミさん見てるとほんとそう思いますよ」

「そうそう、女のほうが肚くっているよ。落語家の女房になるぐらいだもん。大事にしなきゃねえ。錦ちゃんさ、いまの俺の仕事、ほんと天職だと思うんだよ。相手は貧乏なおじいちゃんやおばあちゃんだとしてもさ、その背後には誰もが壮絶なもの、抱えているんだよね」

白石は優しい目で遠くを見つめた。

「ダバダ、オユワリ、オマチドサマ」

名札にカタカナで「シン」と記された店員が、カタコトの日本語で、お湯割りのおかわりを運んできた。

「お、シンちゃんてえの？ 日本語上手いね、日本に来てくれてありがとね。どの国から来たの？」

「ベトナムデス！」

「いいよなあ、あそこ。あの国の人たちって、みんなベトナム語、上手いんだよね」

店員が笑う。

「アナタモニホンゴ、ウマイデスネ」

白石につられて、錦之助も笑った。

「いいなあ、楽しいなあ。錦ちゃん、じゃあ、もう一杯だけ付き合って。千葉まで連れてきちゃってごめん。一度、落語家さんと地元で飲んでみたかったんだ。あ、うちの老人ホームのスケジュール見てから必ず電話するから。落語、頼むね。きっとなんかすごい出会いがありそうな予感がするなあ」

白石は美味しそうにお湯割りを一口、あおった。

「いろんなお年寄りがいる」

そんな白石の言葉を思い出しているうちにネタは「妾馬(めかうま)」にしようと決めた。総武線快速電車の中でさらうことにした。その前の軽い噺(はなし)としては、上田に行った時にリクエストのかかった「真田小僧(さなだこぞう)」をかけることにした。

「真田小僧」は生意気(なまいき)な子どもが出てきてオトナをやり込める噺だ。子どもが出てくる落語はお年寄りのウケがいいだろうという判断からだ。そして二席目に「妾馬」に取り組んでみようと決めた。しばらく前に、落語協会の先輩落語家とつながり、その人が得意にしている「妾馬」の稽古を付けてもらっていたのだ。

「妾馬」は、「泣ける人情噺」だが、「ラスト近くの都々逸の訓練」という意味合いも兼ねて取り組んでいた。

師匠の錦生は、「唄なんか落語の中で歌われている鼻歌レベルでいいんだ」とは言っていたのだが、その鼻歌というのが、余程歌い込まないとできない芸当でもある。

真面目な錦之助は、きちんと小唄の道場に通ってはいたのだが、師匠の前に出ると緊張する性格が災いして調子っぱずれの声になってしまうのだった。

あれは前座時代の後半か。

「いつまでも前座のままだと、わたしたちの生活が成り立たない！」と危機感は文子のほうが強かった。

文子と二人でカラオケに行っては、談志も生前、熱烈に愛した往年の歌手の音丸や、新橋喜代三のような大正昭和期の戦前歌謡を歌い込むようにした。

「♪またも雪空〜夜風の寒さ〜遠い満州が〜アーアー満州が気にかかる〜」

途中、レモンティを二つ持って入ってきたカラオケ店の店員は、画面を見て、

『満州想えば』が二十曲ぐらいリクエストされていたので、機材が故障したのかと誤解して、機材の後ろに回ろうとした。

やがて、文子の献身的なサポートの甲斐もあって、落語の中で音符なしで登場人物たちが歌う端唄や小唄などの一節に、西洋音階的な歌い方の痕跡が見えてくる感じになった。

「端唄小唄と現代歌謡の中間地点」ともいうべき点か、そこを優しく歌うようなイメージがだんだん出来上がってゆく。

その涙ぐましい二人の努力の結果、辛うじて合格点をクリアしたのだ。だが、錦生からは「あくまでも二つ目レベルの及第点だ」と釘を刺された。

要するに、唄はまだ「仮免許」状態だった。真打ちになるためには、いつどんな形、たとえ酔っ払った演技で唄っていてもきちんと音を外さずに歌えるようにならなければならない。

「妾馬」のオチの前で八五郎が酔っ払って都々逸を披露する場面は「予備真打ち試験」のようなテイストでもあった。

「第一回まほろば苑落語会」という介護士さんたちが手書きで作った「めくり」がとても微笑ましい。高座はテーブルを何台もつなげた頑丈そうなものだった。

ロビーに集まった入所者のお年寄りは、思い思いのスタイルで錦之助の登場を待っていた。

車いすの必要な人、重度の介護補助を受けている人、一番前の座席で花束を抱えている人などさまざまだ。

控室からそんなお年寄りたちを見るにつけ、遅かれ早かれ、あのようなグループに入るだろうと思われる父親のことを錦之助は思った。

「死んじゃってもさ、子どもたちが来ないケースもあるんだよ。市役所に連絡して長男、長女、次男さんらと連絡取れてさ、事情説明したら、『なんで私たちが行かなきゃいけないんですか？』って言われて、俺はさすがにキレたよ。『赤の他人の俺が面倒見ているのに、いや、俺なんかどうでもいいよ、うちのスタッフなんか本当に親身になっているのに、血のつながっているお前さん方はどうして来ないんだ！』ってさ」

あの日、居酒屋で栗焼酎を飲みながら聞いた白石の言葉は、錦之助の胸に刺さったままだった。

「……俺も親不孝だもんなあ」

錦之助がため息を漏らしていると、白石の陽気なアナウンスが聞こえてきた。

「……みなさん、お元気ですか？　橋幸夫です。♪潮来の〜伊太郎〜、オイッ。さて、気を取り直して……今日はこれから待ちに待った落語会です。今日の落語家さんは、山水亭錦之助さんです。錦之助さんは、名人の落語家さんです。しかも人間的にもとても素晴らしく、頭脳明晰で、日本一ともいうべき非の打ち所のないような人格者で私も超絶感激しているようなお方です……」

高座の裏側でスタンバイしていた錦之助が露骨な誉め言葉に照れた時だった。

「と……まあ、冗談はこのくらいにして……」

客席から「なーんだ、冗談かよ」と声が上がった。

「……今日は、得意ネタの『真田小僧』『妾馬』の二席です。お楽しみに。それではどうぞ」

CDデッキから出囃子が流れた。

かつて化粧品販売のトップセールスだったという白石の手慣れた挨拶は見事で

お年寄りたちは笑い転げていた。口八丁手八丁で、切り盛りしているのだろう。

高座に着いた錦之助がそれを受けて、「……人格者でございます」と言うとさらに笑いが増幅した。

が、やはり、笑っている人の多くは健康的なお年寄りで、半数近くは介護が必要な感じで、笑い声は聞こえてこなかった。

錦之助は白石をいじることにした。

「……いやあ、ここの施設長の黒石さん、面白い人ですね」

「白石だよ」

さきほど「冗談かよ」と言ったお年寄りだ。

「あ、間違えました。黒いのは、腹のほうですね」

今度は当の白石がゲラゲラ笑った。

やはり、半分しかウケていない。それでも、逆に言えば半分は聴いている。

「青空落語」に比べたら、天国だ。やはり落語は天井のあるところでやらなきゃ。

笑っていないお年寄りたちに目を向けると、外ばかり見つめている。狭いところにずっと閉じ込められているせいかな、などなどいろんなことを思い浮かべて、その流れで、「真田小僧」に入った。

「小児は白き糸の如し、なんてことを申します」

「真田小僧」は、典型的な前座噺だ。父と子の会話から始まる。

子どもは一日の小遣いをすでに使い切ってしまっていて、父親からせびろうとする。しかし、なかなか父親が小遣いをくれないので、

「おとっつぁん、実はさ、知っている？　こないだおとっつぁんが仕事で留守の間に、おっかさんが、よそのおじさんを引っ張り込んだという話！」と作戦を変更し、「小遣いをくれ」という姿勢ではなく、「この話を聞きたいのなら、おとっつぁん、おいらに銭払って」と切り出す作戦に出る……という話だ。そしてさらにこの子の賢いのが、「第二話、完！」などと言った具合に、上手に切れ場をこしらえて、その都度料金を請求する点だった。

「自分の妻の不倫話という秘密の告白だと思っていたらそうではなく、横丁の按摩さんが妻の肩を揉みにきただけの話」だと判明して天を仰いでも、時すでに遅し、子どもは父親からオアシ（カネ）をせしめて外出してしまう。

まんまと乗せられ、自分の子どもに、「木戸銭」みたいな形で料金を払ってし

まった父親の間抜けぶりに、お年寄りたちは目を細めている。

白石はメモなどを取っている。やはり研究熱心だ。

――夫が帰宅した妻に訴える。

「せがれのバカが、俺から銭とっていきやがった」

「あら、うちの金ちゃんがかい？　嫌だよ、お前さん、なんだってうちの金坊にオアシを持ってかれちまったんだい？」

「そうか、お前、この話、聞きてえか。聞きたきゃ俺に五銭寄越せ」

オチを言いきると、拍手が起きた。

その勢いのまま、「士農工商」の身分制度に触れるマクラで「妾馬」に入った。

噺が進み、後半のお屋敷での殿様とのやり取りになってゆく。

「……おこんにちは、お結構なお天気さまでござり奉ります。

おあたくし様はお八五郎さまと申し上げ奉ります。このたび、おあたくし様のお妹さまのお鶴さまが、おジャリさまをお産み奉りまして、実にどうも恐惶謹言、お稲荷さんでございます」

「その方の、申すことは、余にはまるでわからん」

お年寄りの中から笑いが漏れてゆく。

「……これ、八五郎、その方は、がさつ者と聞き及んでおる。余の前に出し時には言葉をていねいにいたせと言われて参ったのであろう。かまわん、遠慮のう申せ。許してつかわす。無礼講じゃ」

「……なんて言ってる？　なに？　友達みてえに、ざっくばらんにしゃべっていいって言ったの？　誰が？　殿さまが？　本当かよ、苦労人だねえ、じゃあ、まっぴらごめんなすって」

……その後、殿さまに気に入られて、酒でもてなされるのだが、へべれけになってしまう。

「なんだ、そこにいるのは誰かと思ったら、お鶴じゃねえか。抱いているのは赤ん坊か。見せてみろ……。お、お前そっくりだなあ。おめでとう。産後の肥立ちはいいか？　おふくろが初孫だ初孫だと、長屋中踊り歩いて喜んでいたよ」

「身分制度」のために、出世してしまった娘の産んだ子の子守りができない悲しさ。つまりは「初孫の世話すらできないおばあちゃんの切なさ」を訴えるのが、この人情噺の聴かせどころだった。同世代でもあるゆえ心に響いたようで、涙を流す人たちもいた。

そして、錦之助はオリジナルの演出を加えてみた。

「……殿さま、あっしは殿さまにお願いがあります。あっしは正直お目録も、いりません。どうせ使っちまうだけです。侍に取り立ててもらわなくても構いません。めんどうくせえだけです。

それよりも、お願いがあります。いまお鶴が抱いている赤子、そりゃ殿さまにしてみれば大事な後継ぎでしょうが、女手ひとつであっしと妹を育てたうちのおふくろにしてみれば、初孫なんです。お願いです。たった一度だけでいいです、ここにうちのおふくろ呼んで、初孫の世話させてやってもらえませんか？生意気言っているのは百も承知です。この通りです」

「……八五郎、そちの願い、余はしかと受け止めたぞ」

「……ほんとですか、ここにおふくろ連れてきてもいいんですか？　え？　ほんと！　殿さま、ありがとうございます。あごで使ってやってください。おしめでもなんでも替えますし、おんぶもしますよ。

おい、お鶴、おめえ、いい亭主もらったな。おふくろ、喜ぶぞ！　家に帰ってこの話したら、ますます泣くぞ……く－っ、嬉しくって涙が出る……湿っぽくなっちまった。殿さま、都々逸でも歌うよ。オツなのがあるよ。いくよ。『〽三千世界の鴉を殺し～主と朝寝が～してみたい～』と、どうでえ殿公！……」

「殿公と言うやつがあるか」

……これから八五郎が出世をいたします。妾馬でございます――。

自分としてはまずまずの都々逸を唄い終え、オチを言うと会場全体から拍手が一斉に沸き起こった。

お茶受けに出された、とらやのスティックタイプの羊羹「おもかげ」は文子の好物でもあった。自然な甘味が心地よかった。

「いやあ、泣かせる落語なんてあるんだねえ」

白石は大袈裟にハンカチで目をぬぐう仕草をした。

「あの、一つ聞いていいですか？　結構、外を見つめているお年寄りが多かったような気がしたのですが」

白石が向き直った。

「気づいたかい？　どうしてだと思う？」

「やっぱり、今日なんかは、天気もいいから表に出たいんでしょうかねえ」

「そうじゃないんだよ」

「……？」

「今日の落語とまったく同じ。『孫はいつ会いにきてくれるかなあ』って、外を見ているんだよ」

「……」

「でもさ、結構孫側も忙しいんだよなあ。近頃ではお受験とかいって小学校に上がる前からもう塾通いが始まるからねえ。ここにいるお年寄りたちはみんな誰もが外を見ちゃうんだよ」

（……そういえば、このところ、子どもたちを親父とおふくろに見せにいってなかったな）

　錦之助もつい外を眺めてしまった。

「施設長室」は窮屈（きゅうくつ）ではあったが白石の人柄か、ゆっくり過ごせる気分だった。落語の出来もよかったせいだろう。

「美味しいお茶でしょ、もう一杯飲んでって。汗かいたもんね」

来客用のお茶の玉露の香りも落ち着かせてくれる。

「あれ、なんていう噺？」

「『妾馬』っていう人情噺です」

「あんな噺もあるんだ」

「昭和の名人、三遊亭圓生師匠の得意ネタでした。いやあ、笑いだけじゃないというか、たまには変化球を投げたくなるものなんですよ」

「笑わせるだけじゃないんだ。落語って深いんだなあ」

「ちょいとごめんよ」

一人の、ほんのりと化粧をしたお年寄りが入ってきた。八十代半ばだろうか。

「ああ、お時さん」

錦之助は会釈した。

「よかったでしょ姉さん、今日の落語」

「あんたさあ、都々逸、悩んでいるんでしょ」

錦之助の身体に電気が走った。

「……うそ。おわかりでしたか？」

「あ、お時さんは詳しいんだよ」

「それにさ、『真田小僧』ってはっきり演目言うんだったらさ、きちんと最後まで語ってよ」

「え、知ってるの、姉さん」

「知っているって。大坂夏の陣で敗れた真田幸村は薩摩に落ちたっていう話を父親が、帰宅した母親に話しているのを戸の陰でさ、そのこまっしゃくれた子が聞いていて、父親がさっきの金を返せと言うと、講釈聞いて使ったと言って、真田三代記のあらすじを語るのよ。そこで、真田の定紋の『六連銭』ってなあに？と問い詰めて、おとっつぁんが銭を六枚出すのよ。すると、出した六枚のオアシをまた奪って外に出ていくんだよ。で、その子が、『おいら、今度はこれで焼き芋買うの』ってえと、『あ、うちの真田も薩摩に落ちた』って言って本当のオチがつくの」

白石は「ブラボー！」と言って拍手をした。

「いやあ、すごい、姉さん、お見事！」

「白ちゃん、ゴマすりはいいから。悪いけどあたしの部屋から三味線持ってきてくれる」

「はいはい、施設長はサービス係であります」

そそくさと白石が去っていった。

二人きりになってしまうと手持ち無沙汰だ。まして相手は初顔合わせのお年寄りとはいえ、体からにじみ出る威圧感を錦之助は一方的に感じている。

「落語、お詳しいんですね」

「亭主が落語を大好きだったからさ、ずっと聴かされ続けていたのよ」

「都々逸の素養も、お持ちなんですか？」

「ま、素養だなんて、小難しい言葉はどうでもいいけど、あんたの身体に入っていなかったからね、あれ」

錦之助は肩をすぼめるしかなかった。

「歌舞音曲ってね、ウソはつけないの。あんた、落語でご飯食べてゆくんだろうしさ」

なんだか会ったことのないはずの、立川談志に天から怒られているような心持ちになった。談志が生きていれば、同じ年ぐらいだろうか。

「身体に入ってないようなものを歌っても、お客の心には入ってこないのよ」

核心を突かれていた。

「お姉さま、お待たせしました」

戻ってきた白石が下僕のようになって三味線をお時に渡す。

白石は指紋がつかないようにと手ぬぐいを巻いて棹のほうを持っている。恐らく何度もお時から注意されてきたのだろう。

「都々逸は呼吸」

お時が三味線を抱えた途端、縮こまっていた身体に筋が通ったようにピンとなった。

一瞬にして空気も張りつめた。

「〽三千世界の鴉を殺し～主と朝寝が～してみたい～」

「……」

聞き慣れているはずの白石ですら、うなっている。

圧巻だった。声の艶、三味線の音色、哀切感漂うトーン、凛としたお時のたたずまい。なにより周囲がカラフルに染まった気がした。

完全に空気が変わった。

錦之助の最前の都々逸とはまるで違う。

「……ほかになんか知っているのある？」

錦之助も燃え始めた。

「〽～悪縁か～因果同士か～」

「違う違う！　〽～悪縁か～因果同士か～仇の末か～添われぬぅ～人ほど～なおかわいい～ってやるのよ」

「〽あたしゃ～お前に～」

「ダメダメ！　聞いていて！　〽あたしゃ～お前に～火事場のォ～纏～振られながらも熱くなる～　ここはね、あつぅうく、と、『つ』に意識」

「こりゃダメだ」

錦之助ごときが歯の立つような相手ではなかった。

「あんたさ。しばらくここに通いなさいよ。いいだろ、白ちゃん」

「勿論、大歓迎！　錦ちゃん。鍛えてもらいなよ」

白石が錦之助の肩を叩いた。

「白ちゃんのところの老人ホーム、通っているんだって」

「はい」

海老名市の蔵元・泉橋酒造で企画された「青空落語」は、雨の中だったので酒蔵の中での開催となり、そのおかげでじっくり聴いてもらえた。

錦之助の機嫌もいいので水沼の運転する帰りのワゴンも快調だ。

相変わらず助手席で佐野はいびきをかいて寝てはいたが。

「はい、週一で。一人、都々逸のめちゃ上手いおばあちゃんがいて教え上手なんですよ。あ、白石さんにご厄介になっちゃって、行く度、ごちになっちゃってます」

「面倒見いいからね、白ちゃんは。そっか、渡りに船か。よかったね。都々逸、オツだよな。俺、都々逸ではさ、『名月を取ってくれろと泣く子かな』っていうのが好きだなあ、あれいいよなあ」

「…あ、それ俳句です。小林一茶の」

「そっか。で、なんだっけ都々逸って」

「あの……七・七・七・五なんですよ」

「ああ、そうだったそうだった。おい、佐野、お前、知っているか都々逸」

眠っていた佐野が目をこすりながら答えた。

「あ、はい。『小林一茶に十五を足せば　これがほんとの十六茶』ってどうですか」

錦之助が笑い、水沼が呆れる。

「お前、寝ていた割にはあながちズレたこと言わねえんだな。普段から寝てろ」

佐野の頭を軽く小突いた。

「あんたは無理にいい声を出そうとしてる『いい子ぶった声』なの。それは自然じゃない」

「いい？　帯のあたりに気持ちを集中させてみて」

手取り足取りでお時の教習は続く。一言一句訂正される。不愉快な気分になってもおかしくないほど怒られているのに、嫌な気分にならないのはお時がロジカルだからだろう。

「……基本は発声から。『あ〜』って声出してみて」

「あー」

なぜか、一緒に白石も浴衣姿で教わっている。狭い施設長室なので傍から見れば、まるで女牢名主に説教食らっている新入りの囚人たちのようだった。

「ほんと下手ねえ、あんたたち。喉の奥からカリカリ感を出すような感じ。見ていて、こうやるの。あー」

「あー」

「あー」

「いくわよ、『〽上見りゃぁ〜きりなぁしぃ〜下見ぃてぇ暮らせ〜下見りゃ遊山の屋形船ぇ〜』。わかる？　この都々逸の意味。『上見て暮らしていてもキリがないと思って下見てみたら、物見遊山の屋形船を見つけちゃった。上見ても下見ても、浮世ってつらいなあ』っていう意味。こういう都々逸の芯の部分をまずわかってないと、いくら調子よく、音程がズレないで歌ったにしても、聴き手の心には届かないわけ。響かないの。落語もそう。自分のいままでの経験を落語の真ん中に寄せてゆかなきゃズシンと来ないのよ。ただ上手くしゃべるだけじゃダメ。いや、上手くしゃべれたとしてもそれじゃ芯を打たないから、心も打たないの。あんた、知ってる？　『真打ち』っていう意味」

「はい、確か昔は、寄席の灯り(あか)は蠟燭(ろうそく)の時代で、最後の演者が、語り終えると同時に蠟燭の芯を消したところから、『芯を打つ』から真打だと、なにかの本で読みました。俗説かもしれませんが」

「そう、その通り。それも知識だけじゃダメってこと。あんたは結構、頭で処理しがちなのかも」

その通りだった。これは痛いところを突かれているのだが、まさに、心の「天宗」か。ツボゆえ、かえって気持ちいいぐらいだ。

「さて、少し休憩(きゅうけい)しましょ。たばこ吸ってくるから」

——汗をぬぐいながらお時は席を外した。

「あー、しびれた」

正座慣れしていない白石は倒れ込むようにして足を崩す。

「でも、確実に上手くなっているね、錦ちゃん」

「わかります？」

「わかるよ。錦ちゃん、真面目だから、力んじゃうタイプなのかもね。頑張るってことは力むことじゃなくって逆に力を抜くことなのかもなあ。いや、深いなあ、芸の世界は。俺は老人ホームの仕事でよかった」

座ったまま、白石が背伸びとあくびをする。

「一体、お時さんって何者ですか」

「あれ、言っていなかったっけ」

「聞いていないっすよ」

「あの人ね、元芸者(げいしゃ)さん」

「ああ、道理で」

「しかもさ、かわいそうなんだよ、ご亭主が謡(うたい)のお師匠さんで、その人が作った借金を背負わされてさ、吉原(よしわら)に行かされて」

「……じゃあお時さんは若いころにそんな世界に」

「ああ、苦界って言うんだろ」

「……」

「旦那とは年も二回り以上も違うとか言っていた。そりゃ厳しく芸を仕込まれたらしいよ。ある意味洗脳だよな」

「挙句吉原とは……」

「大好きな旦那のためだからって、毎日歯を食いしばっていたんだってさ。で、借金を返し終わって家に戻ってみたら、旦那はすでに死んじゃっていてさ」

「そんなふうには絶対見えなかったな」

「錦ちゃん、これ内緒ね」

白石は虚空を見つめながらつぶやいた。

「ここはさ、そういうおばあちゃん、おじいちゃんばっかりなんだよ実は。誰もがすごい人生を歩んでいるよ。みんな悲しいものを背負い込んでいるんだよね。いろんな訳ありの人たちばかり来るよ。子どもたちから、『実は、母は私たちがまだ小さい時に私たちを捨てて男と駆け落ちしたような人なんです！　私たち兄弟は、それから地獄でした。死んで清々しました』なんて言われたこともあったっけ。でもさ、俺はね、七十を過ぎたら、どんなに悪いことをした人でも、貧乏人でも同じように老後は安心して過ごしてほしいなって思うの。だから雨露しのいで安心して暮らせるようにって願いを込めて、再建した時にここを『まほろば苑』っていう名前に変えたんだ。だから俺は下の世話なんかする時にもさ、手を合わせてるんだ」

きっと白石も厳しい人生を歩んできたんだろうな、と錦之助は想像した。

「家で介護をすると、子どもはご飯食べながら、うんちの世話をしなきゃいけないよね。お母さんとのバラ色の思い出話もうんち色に染まっちゃう。ここで預かるとさ、こっちはもう下の世話はさ、得意分野だから」

白石は笑いながらガッツポーズを取った。

（比べて、俺は……）

錦之助は我が身を振り返る。

（なんたる甘い人生なんだろう）

この前の落研設立六十周年記念パーティで先輩からキツイこと言われたぐらいでへこんだり怒ったり。

あ、そうそう、去年、秋田新幹線が事故で二時間遅れた時に、対応のややちぐはぐだった駅員さんに「早くしてよ！」って怒ったこともあったっけな。「毎日、遅れずにきちんと運行してくれてありがとうございます！」ってお礼を言ってこなかったくせに、遅れた時だけ怒りやがって……。

（だからお前はダメなんだよ）

（そうだそうだ）

頭の中で何人もの錦之助が錦之助を詰問する。

「お疲れ様、さ、続き」

お時がすっきりした顔でたばこの匂いをほのめかせながら入ってきた。

その顔は菩薩にしか見えなかった。錦之助は思わず見惚れた。

「なによ、あたしの顔になんかついているのかい？」

檄が飛んだ。

「あの」

「なによ」

「お稽古料は？」

「バカ、カネのない芸人からカネなんか取っちゃったら死んだ旦那から怒られちゃうよ！　あんたが上手くなるのが一番のあたしの稼ぎさ。さ、稽古、稽古」

「わたしはランプの魔神です。どんなご用もやらせてもらいます」

文子が駿を寝かしつけようと『アラジンと魔法のランプ』の読み聞かせをやっている。

ベビーベッドでは優が大の字になって寝ている。蹴とばされた掛け布団を錦之助は優しく元に戻した。

ゆっくり落ち着いた口調で語るそのリズムは、しゃべりのプロである錦之助が聞いてもなかなかのものだった。

「……ご主人さま、お呼びでしょうか？　……おう、すっかりお前のことを忘れていた。すぐに姫のところへ連れていっておくれ。わかりました。お安いご用です……と言うと、ランプの魔神は……駿、駿？」

見ると傍らの駿も親指をくわえたまんま眠りに落ちている。

「催眠術師だな」

文子が笑った。

「わたしにもいたらなあ、ランプの精が」

あくびを噛み殺しながらつぶやいた。

「炊事、洗濯、子育て、全部やってもらいたいな。あ、でもよかったね、あなた。唄のいいお師匠さんができて」

「ああ、昨日の話の続きね」

「すごいおばあちゃんね。そんな苦労をしてきたなんて」

「比べて俺は恵まれているよ。こんないい家庭があってさ」

急に文子は真剣な顔になった。

「やっぱり大事なのは覚悟なのかなって」

「なんだよ、いきなり」

「このアラビアンナイトの童話のあとがきに書いてあったの。なんでこの物語が面白いか、知っている？」

錦之助は首を横に振った。

文子は童話のページをめくった。

「面白い物語を語り続けなきゃ、殺されちゃったんだって、語り部が」

「へえ」

「女性を信じられなくなった王様が、毎晩次々と娘たちを呼びつけては首をはね続けていたらしいの。結果、街に娘たちがいなくなって、ある大臣の娘がそれをやめさせるために、毎晩命がけで王様に面白い話を語って聞かせたの。で、続きは明日、また明日って毎日面白く語るものだから、王様もその大臣の娘を殺すのをやめたんだって」

「面白いな」

「覚悟なのよ、やっぱり。いや、いまの話全部後付けだとしても、やはりそれくらい面白い話だから、時代も空間も超えていまに残っているのよきっと」

「覚悟か」

お時さんがご主人から唄や三味線を習ったのも覚悟。吉原という苦界に身を落として、そこから這い上がったのも覚悟。もしかしたら、老い先短い時間の中で俺と向き合って、しかも無料で都々逸を教えてくれているのも覚悟なのかもしれない。

　いや、目の前にいる文子だって、それこそ落研の先輩たちのような一流企業に勤務するサラリーマンとの縁談の話もあったと聞いた。そんな美味しい話を振り切ってまで、俺との道を選んでくれた覚悟があったはずだ。覚悟を決めて俺の遺伝子を受け入れてくれたから、羽を休めて眠っている二人の天使たちが、いま目の前にいる。

　自分のような下手くそな若手の落語家に仕事を寄越すのだって、主催者側の覚悟の可視化だ。

「青空落語」だって、覚悟を持って自分の元に訪れてくれたのだと思うとたまらなく愛(いと)おしくなってくる。白石流に言うならば、「覚悟を持って迷い込んできてくれた子犬」。これがすべての仕事の本質なのだろう。

　世界は他人(ひと)様の覚悟でできているのだ。

　そんなことを思いながら、錦之助はそっと指で優の頬を触る。優がにっこり笑う。どんな夢を見ているのかな。

「あ、あなた、そういえば駿が言っていたわよ。『パパ、きのうは、おうた、じょうず』って」

「風呂入った時、気づいたのかな」

「よかったわね、身近にも師匠がいて」

「ああ。俺も頑張ろう。考えてみたら俺もいい落語やり続けなければ殺されるのは同じだもんな」

錦之助は最後のほうの言葉は、文子には聞こえないようにファジーにしゃべった。「最後のほう、よく聞こえなかった。なんて言ったの？」

「いやあ、なんでもないよ」

壁掛け時計が、十二回鳴った。

第五話

落語とは人間の業の肯定である

「ダメだよ、腰が高いって！」

「そんな姿勢だと、またケガするぞ！」

野太(のぶと)い声の檄(げき)が飛ぶ。

鉄球がぶつかったのかと思うほどの響きがこちらにも伝わってくる。閉ざされた狭い空間だからこそ余計にだ。錦之助(きんのすけ)は固唾(かたず)を呑む。汗と吐く息の匂いが、どことなく高貴(こうき)にすら感じるのは、かすかに漂(ただよ)う鬢(びん)付け油のせいだろうか。力士(ちからびと)たちの肩から舞い上がる汗と湯気(ゆげ)は、貴族のまとう白いベールにすら見える。

ここは大相撲(おおずもう)の西木野(にしきの)部屋の稽古場(けいこば)だった。

身体が温まった力士たちは勝ち抜き方式で、どんどんエンドレスに相撲を取ってゆく。いわゆる「申し合い」だ。我先にと、勝った力士に申し込んでゆく。ここで積極性が見えないと、親方からさらに発破(はっぱ)がかかる。

錦之助は、元大関海童の西木野親方のマネージャー・鶴木と落語会の打ち上げで盛り上がったことがきっかけとなり、三年ほど前から西木野部屋の東京場所の千秋楽打ち上げパーティの司会を務めていた。

現役時代は「二枚目大関」として人気を博したが、いまは親方として後進の育成に励んでいる西木野は、日頃無口なのだが、シャレもわかるおおらかさを持ち合わせていて、年下の錦之助をとてもかわいがっていた。

「今度朝稽古、見においでよ」という誘いにつられて気軽に出かけた錦之助だったが、予想を超えるあまりの真剣さに圧倒されていた。

錦之助は西木野の、パーティなどで見せる横顔とはまったく違うたたずまいのギャップにも驚いていた。

「何度言ったらわかるんだ！」

本当に同一人物なのか。西木野は二人いるのではないか――。

ふと、あの日のことを思い出していた。

両国の小さな貸しホールを借りての独演会のあとだった。

二つ目になりたての夏ごろだったか、急な雷雨(らいう)に見舞われたせいか、またそもそもの宣伝不足のせいか、お客さんが少なかった時だった。ネタ下ろしの「あくび指南(しなん)」と「大山詣(おおやままい)り」の二席だったが、ともに上出来だったこともあり、お客さんとも喜びを分かち合いたくなった。

終演後、なんとなく屯(たむろ)していた客に向かって、「打ち上げがてら、飲みに行きませんか？」と誘うと、「じゃあ」という流れになった。結果、残った三人と錦之助を入れて四人で会場を探すことになり、ふらふら歩いていると駅前でガタイの大きい陽気な半纏(はんてん)姿の呼び込みに接したのだ。

「みなさん、どう？　元大関の店だよ」

「元大関って、誰？」

「みなさん、海童って知らない？」

「うそ、大好きでしたよ、かっこよくて」

「じゃあ、入ってよ、ぜひみんなで」

「混んでるんじゃないの？」

「混んでたら呼び込みになんか出ないよ。もうさっきの雨がひどくてさ、お客さんほぼゼロ」

「みなさん、どうします？」

「行きましょうよ」

年齢も性別もバラバラなメンバーが、呼び込みに促されるがまま入る。落語会の余韻と一体感を共有しながらエレベーターに乗り六階で降りた。

ドアが開くと相撲甚句がＢＧＭとして飛び込んでくる。

周囲を見渡すと「大関海童」の等身大パネルと幕内優勝トロフィー、優勝旗、写真、賞状などが、所狭しと飾られている。それらがガラスケース内から客を出迎えていた風情は、迫力があった。

落語会の客の中で一番年上の津村がまず声を上げた。

「あ、この写真、ほら天覧相撲で、黒竜山に勝った時のだ！」

客の中で一番年下のまだ大学生の平井はきょとんとする。

「……俺なんかまだ生まれる前だよなあ」

「わ、杉乃花だ！　人気あったのよ、この子。そっか海童の後輩だったのね。私、大好きだった。母性本能からかな」

津村とほぼ同世代の野上が女性代表としてはしゃいだ声を上げる。

小兵だった海童が、トレーニングを重ねて肉体改造して強くなっていく様子が映像で流れている。

奥の個室に入り、店員にオーダーを取ってもらっていると、さきほどの呼び込みが半纏姿からスーツ姿に出で立ちを変え、現れた。

「あ、元大関海童の西木野のマネージャーの鶴木です」

「え、親方のマネージャーさん？」

名刺交換が始まった。

「私、実は以前、大阪にいた時、三年ほど鶯家梅丸師匠のマネージャーだったんですわ」

もう引退はしたはずだったが、鶯家梅丸とは上方落語界の大御所だった。

「そうですか、だからあんなに呼び込みが面白いんだ」

「ええ、梅丸師匠に鍛えられて。で、ご縁があっていま西木野のところにおります」

人懐っこい笑みになった。やはりそんな経歴からだろうか、仲良くなりそうな

予感を覚え、

「よかったら、お客さんも少なさそうですし、うちらと一緒にやりませんか？」

「……いいんですか？」

それからは、五人で大騒ぎの大宴会となった。

「鶴木さん、海童関のどこに惚れたんですか？　やはり、黒竜山を倒して初優勝を決めた時の、あの右上手を取っての出し投げですか？」

錦之助は鶴木の胸に頭を付けて出し投げのポーズを取ろうとした。

「あれは、筋トレのたまものだって聞きますよ。激しいトレーニングのあとの、卵十個入りのプロテインドリンク。やはり男は力ですよね」

「いや、ちゃいまっせ」

いつの間にか鶴木が関西弁になっている。

「……わかった、じゃあ、力じゃないなら、技だ。そうだ、そうだ、やはりテクニックだ。あれでしょ？　ほら、カド番の時に、横綱の常陸風相手に勝ち越しを決めた、内無双！　あれは珍しかった！」

錦之助は、鶴木の足を取ろうとした。

「いや、ちゃうちゃう。ほんとの男の強さは、錦はん、わかりまっか？」

「ん？」

「ここでんねん」

鶴木は自分の胸を叩いてみせた。

「おっぱい？」

「なに言うとんねん！　ハートやハート。心意気ですがな……あれはな、わてが梅丸師匠のところをやめて東京でぷらぷらしておった時や。たまたま遅くに起きてな、浅草のホテルやったけどな、テレビで『感動した話特集』みたいなのやってたんや。で、そこでたまたま見たんや、うちの親方を」

「……テレビで？　あんたミーハーやな」

錦之助がインチキな関西弁で答えた。

「……まあ、終いまで聞きなはれ。ある視聴者からや。『うちの母は心臓病で長期にわたって入院していました。ある日、久しぶりに外出を許されたので天気もよかったこともあり、車いすに母を乗せて、外に出ました。しばらく散歩をしていると、お相撲さんの一行とたまたますれ違いました。お母さん、お相撲さんよ、わあ、大きいななどと話をしていると、そこへ一人のお相撲さんが現れました。お母さん、どうされましたか？　と、そのお相撲さんは聞いてきました。母はずっと心臓病で入院していたんですが、今日久しぶりに外出を許されたんですよと言うと、そのお相撲さんは、そうでしたか、お母さん、相撲取りに触れると元気が出ますからねと、なんとそのお相撲さんは母を優しくいたわるようにお姫様抱っこしてくれたのです。母は突然のサプライズに感激してボロボロ泣いていましたが、おかげさまでそのあと、本当に母は元気になったのです……』。そのお相撲さんとは……」

元落語家のマネージャーらしくさすが語りが上手く、一同は聞き入ってしまった。

鶴木は続けた。

「……そのお相撲さんこそ、大関海童さんやったんです！」

鶴木は、森伊蔵に酔っているのか、それとも自分の語りに酔っているのか、しまいには涙声にもなっていた。

「……いい話ですね」

錦之助もウルッときた。

野上はすでにハンカチを目に当てている。

津村は腕組みをして聞き入っている。

平井はきょとんとしていたが。

「……でな、それで惚れてもうて、いろんなコネ使っていまの親方に近づいてな、転がり込んだんや」

「押し出し女房やがな」

「なに言うてん、そりゃ押しかけやがな、押し出しちゃうやろ」

「ま、ええから続けなはれ」

まるでナニワの掛け合い漫才(まんざい)だ。ほかの三人が笑う。

「ああ。ま、でな。聞いてや聞いてや聞いてや」

「聞いとるがな」

「あ、せやな」

関西弁のコミュニケーションはとても気持ちいいものだ。関西弁とは会話の増幅装置なのかもしれない。

「……親方にな、『こないだテレビで観た、車いすのおばあちゃんをお姫様抱っこした話、めちゃ感動しましたで』言うたらな、こら、錦之助、ここやで」

いつの間にか呼び捨てになっていた。

「……『さあ、覚えてないな、そんなことあったたっけな』やで。そう言うんやで。くーっ。これが男ちゃいまっか？　これが西木野、元大関やで！」

野上は少女のように目を潤ませガンガン頷いている。ヘビィメタルバンドのコンサート会場でのヘッドバンギングだ。

「そこで、さらに惚れて、気がついたら、いまここにおるっちゅうわけや」

ずっと黙っていた津村が口を開いた。

「いや、いい話、鶴木さん、ありがとう。ここは僕が全部払う。感動した！」

四人が一斉に手を叩いた。

相撲界も落語界も基本、「男が男に惚れる」「徒弟制度」という点ではまったく同じなのかもなと錦之助は思った。

その翌日、さすが元芸能マネージャーらしく、鶴木からすぐに錦之助の携帯に電話がかかってきた。
「親方の現役時代のファンだった落語家さんが店に来て盛り上がったと言ったら
親方も喜んでね、その落語家さんに、ぜひ次回からうちの部屋の千秋楽打ち上げ
パーティの司会を頼めへんやろか言うとります」と、願ってもない嬉しい話へと
つながった。
――あれから何度この部屋のパーティの司会をしただろう。
横綱大関を抱える大きな部屋の場合だと、都心にある大きなシティホテルでの
開催になり、司会も売れっ子タレントなどが務めるケースが多くなるが、元大関
海童率いる西木野部屋は、まだ部屋としては歴史が浅く、関取が生まれるには時
間がかかりそうだとは耳にしていた。
いわば、「花は咲けども、噺せども」状態の自分と、こちらの部屋はほぼほぼ
同じだなあと、勝手に錦之助は重ねていたのだった。
西木野部屋のパーティ会場は、ホテルなどではなく、アットホーム感満載に、
西木野部屋で開催されている。

床一面にビニールシートを敷き、その上で贔屓客たちが車座になっている。

「まもなく、無事、十五日間の取組を終えた西木野部屋の力士のみなさんが入場します。拍手でお迎えください」

錦之助のこの言葉を合図に、五十人ぐらいの寿司詰めの客の中を、総勢二十名ほどの所属力士が、浴衣姿でぞろぞろと肩をすぼめて狭い中へと入ってくる。

拍手が一際大きくなったところで、後援会長の挨拶になる。

「引き続きまして、西木野部屋後援会会長、有限会社清川建設社長、清川春雄様よりご挨拶申し上げます」

後援会長は、息子が親方のちゃんこ屋の板長を務める、茅ケ崎の建設会社の社長だ。

「……みなさん、お疲れ様でした。所属十八人中、十人勝ち越し、おめでとうございます！」

一同、どよめく。

そして、その後、成績発表となってゆく。

本当に悲喜こもごもの世界だ。

勝った力士は確かにめでたいが、その代償となるケガに悩む者もいると聞く。負けた力士にとっては風当たりは厳しいが、また来場所に希望をつなぐことで捲土重来を約束する。

厳しくもあり、ぬくもりもあるこのパーティの流れを象徴するのが西木野の挨拶だった。

「……相撲部屋ほど、恵まれた環境の世界はありません。世間では厳しい社会だとは言われていますが、果たして本当にそうでしょうか。私はそうは思っていません。若い時の、午前中の稽古に命をかけるだけできちんと結果がついてくる正直な世界と、ここにいらっしゃるみなさんのように、定年までの数十年、雨の日も風の日も毎日八時間以上コツコツ積み重ねていく世界と。みなさんに比べたら、甘えているんだぞと私はいつも弟子たちに激励の意味で言葉をかけています」

無骨ながらも西木野の人柄がにじみ出てくる語りに、贔屓筋が頷く。

錦之助も襟を正したくなる一瞬だった。そしていつも「師弟っていいな」と思うのだった。ここで司会をやり続けているのはその確認なのかもしれない。

「……と、まあ、厳しいのはこのぐらいにして、今場所は、全員ケガもなく無事務めることができました。みなさんのご声援あればこそです。本日は大したおもてなしはできませんが、存分に楽しんでいってください」

総括のようなねぎらいの一言を述べると、現役時代からの西木野のファンと思しき客からの歓声が飛んだ。

錦之助は、ここで、清川をはじめとするタニマチというか、上の顧客にも大変にかわいがられていた。ご祝儀をもらう若手力士たちの後ろにくっついて、「三段目の錦之助山です。今場所は勝ち越せました」などとふざけて太い声を出し、場を和ませて、ついでに想定外のギャラをもらったりもしているのだった。

そしていま――錦之助はあの時のパーティ会場と同じ場所にいた。隣にはまたもや同じ西木野がいる。しかしパーティ会場では見せたことのない険しさそのものの表情に、こちらまでこわばってしまう。

「ぶつかり稽古」では兄弟子が胸を貸し、そこをめがけて若い新弟子が向かってゆく。攻守をきっちり分けた形の稽古だ。

新弟子の眼差しには、覚悟しか見えない。砂のみならず時には額に血さえも混じる中で、親方からより一層の厳しい檄が飛ぶ。罵声に近い響きのはずだが、なぜか温かく感じるのは根底に愛情があるからだろう。

つまり、翻訳すると、それらは「ケガをするな」「お前ならもう少し強くなれるはずだ」という可能性を喚起するいたわりなのだ。

錦之助は、前座時代を思い出していた。

師匠の錦生は「俺が前座のころかな。池袋演芸場で談志師匠がトリでな。俺は前座で入っていてさ。まだ入りたての前座が湯の温度を確かめないでぬるい状態で談志師匠にお茶を出しちまったんだ。怒ってなあ。『こんな馬のションベンみてえなお茶飲めるか！』って怒鳴ったんだ。周りはもう凍りついてな。あれだってさ、『君、もっと熱いお茶じゃないと美味しくないよ』っていう意味なんだ。そういう具合に変換できるやつしかこの世界は残れないんだよな」などとよく言っていたものだった。

錦生に入門したばかりのころか、首都圏での落語会の楽屋で「バカ野郎、てめえ！」と怒鳴られたことも思い出した。落ち込んでいると、とある他所の団体の師匠から、「アンちゃんさ」と声をかけられたものだった。この世界、年長者は若手の落語家をそう呼ぶ習わしがあるのだ。

その古株(ふるかぶ)は続けた。

「いいかい？　いま言われた『バカ野郎、てめえ！』な。二つ目になるとな、『バカ野郎、てめえ！　二つ目なのにそんな前座みてえなことすんな』ってなって。真打(しんう)ちになるとな、『バカ野郎、てめえ！　真打ちにそんなことさせるんじゃねえ』って、今度はそこにいる前座さんに向かうんだよ。つまり、『バカ野郎、てめえ！』の意味合いが、上に昇ってゆくにしたがって変わってゆくんだ。な、なかなか面白い世界だろ？」

ガツン――。

力士同士がぶつかる音に、ハッとなった。

そればかりではない、投げられた時に叩きつけられる音のすごさだ。土俵(どひょう)の堅(かた)さを象徴するかのようなドスンという地鳴りに、錦之助は目が覚めたようになっていた。

「土俵のあの荒木田土の堅さったらない。まるでコンクリだよ」と、清川が以前パーティ会場で垂れていた講釈が頭をよぎる。

落語家の世界も徒弟制度的には同じだが、相撲界と圧倒的に違うなのはフィジカル方面の激しさだろう。

巨大な壁となって弟弟子たちに惜しげもなく胸を差し出し立ち尽くす兄弟子とて、まだ幕下中位なのだ。

この世界で大関を張った西木野のすごさを、隣にいながらも異空間的別世界の住人ように、錦之助は感じていた。

そして、「お相撲さんにはどこ見て惚れた　稽古帰りの乱れ髪」「噺家さんには愛想が尽きた　稽古帰りの間抜け面」という場違いな相撲噺のマクラを心の中で暗唱した。

「たくさん食べていってね」

さきほどとはうってかわって柔和な表情になった西木野が、稽古後のちゃんこを勧めてくれた。親方の脇に座らせてもらって若い衆にお給仕してもらえる

ＶＩＰ気分はとても心地のいいものだ。

「いいから、飲みなよ」

西木野はビールまでも勧めてくれる。

「では、お言葉に甘えて」

昼間というか朝から飲むビールには退廃的なうまさがある。まったく働いていない錦之助だったが、ひと口飲んでうなった。

「錦ちゃん、そろそろ真打ちだね」

「はい。真打ちが相撲界でいうと、やっと入幕でしょうか。いや、十両かな」

相撲の世界では、十両以上を「関取」と呼ぶ。毎月のきちんとした月給が出るのは十両以上からだった。

「自分は、前座をクリアするのに七年もかかった不器用な人間なんですわ」

西木野も、徒弟制度の中で、さらに上の真打ちを目指している錦之助に幾分シンパシーを感じているようで、いつもより饒舌になっている。

「……俺もどちらかというとモノにならないほうの部類だったよ」

一緒に食事をしながらつぶやく。

「そうだったんですか？　いや、親方は最初から怪力だとばかり思っていましたよ」

相撲界に最初に近代的なウェイトトレーニングを取り入れたのは西木野だった。

「いや、俺は最初、ベンチプレスなんか五十キロすら挙がらなかったんだよ」

「マジですか？　それが最終的には二百キロでしたよね」

西木野が頷いた。

「……とにかくかいた恥に、どうやってケリをつけるか必死だったなあ」

「……」

猛稽古を間近に見たせいか、それとも親方との話が弾むせいか、何もしていないのに空腹を覚えていた。

そしてなにより力士たちが作るちゃんこ鍋や鶏の手羽先の甘辛揚げ、ポテトサラダが、男の手料理ながらとても美味しい。ちゃんこは塩ちゃんこで、やはりきちんと出汁を取っているせいか、スープには食材の深い部分が溶け込んでいるように感じた。鶏肉を主に用いるのは、「鶏は手に土は付かない（＝負けない）」というゲン担ぎだとも聞いたことがあった。もやし、白菜、シイタケ、ゴボウ、大根など、野菜も豊富で、この鍋だけで力士にとっては完全なる栄養バランス食なのだと察する。

錦之助はドンブリご飯をおかわりした。

若い衆がご飯をよそう。

「相撲の世界も落語の世界も同じだよね」

爪楊枝をくわえながら、西木野がつぶやく。

「いやあ、僕らあんなに厳しい稽古なんかじゃありませんよ。せいぜい長時間座っていて、足がしびれるぐらいで」

自らを茶化すと、西木野の目がきらりと光った。

「落語家も、相撲取りもさ、稽古が仕事なのかもね。本番の取組とか高座なんて、ただの集金活動だよ」

「かいた恥に、どうやってケリをつけるか」

「稽古が仕事」か。

この二つの言葉を、錦之助はかみしめた。

「かいた恥」とは落語家の世界でいうならば「しくじりの総称」だろう。しでかした自分のマイナスな出来事は「上手くなるための伏線」なのかもしれない。失敗を失敗のまんまでほったらかしにしておくのではなく、「上手くなるための伏線」に置き換えてみるべきなのだ。そうすれば、あとは「どう回収するか」にかかってくる。そういうふうに考えたほうが前向きになれるような気がする。

「稽古が仕事」とは、「本番までの準備」こそがプロの仕事だということなのだろう。そう受け止めることができれば、本番の高座などはむしろリラックスして楽しめるような境地になれるのかもしれない。いや、だとしたら、素晴らしいなあ。このように見方を変えてみると、日々の地味な稽古にも気合が入りそうだ……。

図らずも寡黙な親方からいただいた金言二つを反芻しながらの帰り道、ふいに眠気が襲ってきた。まだ朝の十時だ。一杯だけだったが、ビールもよばれた。朝酒は効く。錦之助はあくびを嚙み殺しながら、「家に帰ってまた寝よう」と思った。

「ダメだな、俺は」

両国駅のホームで、自嘲気味に独り言ちたその時、スマホが着信を知らせた。

水沼からだった。

こんな時間の彼からの電話には悪い予感しかしない。

「……あ、錦ちゃん、起きてた？」

妙に浮ついたトーンは無理な頼みに決まっている。

「起きていますよ。相撲部屋の朝稽古です」

「え、落語家やめるの？　そうか、短い付き合いだったけど、新天地でも頑張って」

「そんなわけないでしょう。稽古見学ですよ」

「だよな。俺、そんな小柄で相撲取りやるのかって心配したよ」

「心配なんかしてないでしょ」

「あはは。わかる？」

「わかりますよ」

無茶ぶりはしてくるが、軽口も言い合えるような間柄にはなっていた。

「……だよな」

「で、どうしました？　また無理を承知の相談でしょ、どうせ」

「頼む！」

「は？」

「いやあ、また佐野のバカがしくじってさ、俺の大学時代の先輩が校長を務める中学校で落語をやってもらう仕事なんだよ！　ほかの落語家さんに頼むはずの仕事をあいつ頼み忘れていてさ。『えー、あれ水沼さんが頼んだもんだとばっかり思っていました』だってよ。まったくあいつはさ、ほんとドジでさ。ほんと東大出ているのにさ、信じられんだろ。知ってる？　あのバカさ、うちの会社の入社試験の時にさ、『スナップ写真でいいから二枚持ってきて』って言われたらあいつ手首の写真持ってきたんだよ、バカだよな。野球のほうではさ、スナップ効かせろとか、手首のことを言うけど。でもな、あいつ、最終面接でいきなり社長に近づいて、大袈裟に社長の手相見てずばり占ったんだよ！『社長の手こそが会社の未来を決めるのです！　スナップ写真はやはり間違っちゃいません』ってな。

それで社長が鶴の一声さ。ま、社長もいまや泣きながら後悔してるって話だけどさ。それからな、こないだはあのバカがさ……」

水沼が別のエピソードを思い出し、笑い始めたので、錦之助は軌道修正した。

「で、その落語会に、僕が行けばいいんですね」

「ま、早い話が」

「遅いですよ。……いつなんですか？」

「今日の昼過ぎから」

「はあ？　今日の昼ですか？」

「ま。空いているよね、相撲部屋に朝から稽古見学に行くぐらいだから」

「……はい、どうせ暇ですから」

「じゃあすぐに場所と時間、ショートメッセージ送るから」

水沼から指定された中学校は、埼玉県川口市の新興住宅街の真ん中にあった。

錦之助は携帯で時刻を見て、一旦帰宅し、即座に着物を用意すれば間に合うことを確認した。

「文化講演会」という枠の中で中学校の体育館で全校生徒に落語を聴かせてほしいという依頼だ。

錦之助が家に帰ってそそくさと出かける用意をしていると、文子(ふみこ)が驚いた顔をした。

錦之助の急いでいる様子に、

「どうしたの？」

「いまから埼玉の中学校で仕事が入ったよ、参(まい)ったよ」

「臨時収入じゃん！　ラッキー」

妻がプラス思考だと精神的な負担がかなり軽減するような感じがした。

着物の準備はお手の物だった。一着だけだから荷物も軽い。洗える化繊(かせん)の着物一式をコンパクトに風呂敷にくるんで、黒いリュックタイプのバッグに押し込み出かける。昼寝をしている駿(しゅん)と、見送る優(ゆう)と文子へのキスも忘れなかった。

川口までの電車での道中で、今日やる予定の「転失気(てんしき)」と「金明竹(きんめいちく)」の二席をさらう。

「かいた恥へのケリのつけ方」「稽古が仕事」と相撲界から移植(いしょく)してきたばかり

の言葉を改めてかみしめながら、落語を繰り返す。

横浜から赤羽まではJR東海道本線上野東京ラインの籠原行きでおおむね四十五分だ。「三回は繰り返せるな」と落語の語句を嚙むようにしゃべってゆくと、思っていたよりは早くたどり着いたような気がした。赤羽でJR京浜東北線に乗り換えれば川口まで一駅だ。便利になったものだと思う。

川口駅には、一目で先生とわかるような真面目そうなスーツ姿の中年男性が迎えにきてくれていた。

西口ロータリーに停めてある車の後部座席に乗り、先生のていねいな運転で学校まで向かうことになった。

到着後すぐ、体育館の前を通り、校長室へと案内された。

体育館の入り口前に設えた「文化講演会～落語から学べること」という大仰な立て看板を見て佐野の連絡ミスの大きさを憂う。

そして、錦之助はその脇に添えられた落語家の名前を見て、驚いた――「立川朝志郎」と記されていたのが消され、錦之助の名前が横に書いてあった。

（よりによって朝志郎の代演とは）

「いやあ、突然なのにすみませんねえ」

錦之助が校長室で着替えを終えると、校長自らがお茶を持って入ってきた。

「水沼に頼んだんだけどね、二か月前くらいかな、夜七時ぐらいに電話で頼んだ時、あいつ酒飲んでいたみたいでさ、『いま隣にいる部下の佐野に連絡させておきますから』って言ったんだよ」

「ああ、佐野くんも水沼さんも酒入っちゃうとダメですよ」

錦之助は「酒の上での二人のダメさ加減」を思い出しながら、出されたお茶をすすった。

「……水沼がさ、酒が入っているせいか気が大きくなっちゃってさ。『じゃあ、先輩、立川朝志郎を呼びますよ！　任せてください！　佐野に電話させますから。わかったな、佐野！』なんて言うもんだからさ」

黙って聞いていたが、錦之助は決していい気持ちではなかった。

なおも校長は無神経に続ける。

「いやあ、翌日発表したら、学校中、その話で持ちきりでね。『あの売れっ子の朝志郎が来る』なんて、先生方や生徒たちが大騒ぎでさ」

　校長は一際大きな音を立てて、お茶をすすった。

「そしたら、参ったよ。今朝気づいたんだって。気になって水沼に確認の電話をしたらさ。朝志郎さんには話が通ってないって。さっき改めて電話あったよ、彼から。詫びかと思ったら『忙しい朝志郎さんとは違って錦之助さんはいつも暇ですから』だって。失礼だよね」

『正直にそう言うあなたも失礼ですよ』という言葉を、錦之助はお茶と一緒に呑み込んだ。

「いえいえほんと、基本いつも暇なんですよ」

と、錦之助は強がった。

「あとね今日、普段不登校の子が珍しく来てるんですよ、朝志郎さん見たさかもね」

　歯を見せて笑う。

「どんな子なんですか？」

「少し家庭環境が複雑でね」

幾分ムカつく校長だが、子ども好きな風情が、多少の無神経さや気働きのなさを明らかに緩和させている。

「一番後ろにいる、髪を赤く染めた女の子です」

「承知しました」

「あ、あと多少やんちゃな子もいますんで、失礼な反応をするかもしれませんが」

「大丈夫ですよ」

錦之助は軽く頷いた。

生徒会長らしき子の「……落語家の山水亭錦之助さんです」というハキハキしたアナウンスをきっかけに校長と一緒に体育館に入る

前方に置かれたパイプ椅子に校長と一緒に向かってゆく。

全校生徒六百人が一斉に注目する。後部には保護者のほか、周辺住民らしい姿も見える。

一瞬にして「え、朝志郎じゃないのか」という空気感を察知した。

悪ガキ連中が、着物姿の錦之助を見て、騒ぎ始めたのだ。

「あれ、朝志郎じゃねえぞ！」「知らねえおっさんだ」

「誰だよ、あいつ」

などと、ヤジが飛んだ。一番悪そうなのっぽが「お、七五三みてえ！」と茶化すと付近から笑い声が起こった。先生たちが注意しようと駆け付けるのを横目に、演台に到着するやいなや、錦之助は言った。

「おかげさまで今日五歳になりました……んなわけないだろ？」

悪ガキグループは相手にされた嬉しさからか、彼らを中心に笑いが起きた。先生方はさらに鎮めようと詰め寄るが錦之助は手で制止した。

「大丈夫ですよ！　うるさいやつらはみんな友達ですから」

悪ガキグループは口笛で盛り上がった。

先生方はおたおたしていたが、錦之助にしてみればありがたい「いじり」だった。ツカミになったからだ。

一番後ろの例の赤い髪の女の子に目をやると、冷ややかなどことなく悲しげな表情をこちらのほうに向けていた。綺麗だが世をすねたような横顔が印象的だった。

「こんにちは、立川朝志郎です」という、ややウケネタをかます。そして間を取ってあえて全体と向き合った。

「実は……私がここに来たわけをまずお話ししなければなりません。本来ならばここに、今日はみな様方がお目当ての立川朝志郎さんが来るはずだったのですが……ですが……」

錦之助は露骨に天を仰ぎ、鼻水をすすった。

「……大変残念なお知らせをしなければなりません……まもなく正式にテレビや新聞で発表になりますが……私は、あえていま申し上げます。みな様が本日ここに来ることを大変楽しみにしていた立川朝志郎さんは……朝志郎さんは……本日、朝八時半ごろ、家族のみなさん、事務所のマネージャーさんが見守る中、静かに……静かに……うう」

錦之助は言葉を詰まらせた。

体育館一体に、悲しい予感が先走った。悪ガキどもも神妙になっている。その場に居合わせた全員が、固唾を呑んで錦之助の次の言葉を待っていた。

「……朝志郎さんは、静かに、静かに……朝ご飯のおにぎりを食べました」

「……ダーハッハッハ……」

安堵(あんど)とともに、大爆笑が起きた。

こうなれば、あとはもうこっちのものだと錦之助は心の中でガッツポーズをした。

かつて桂枝雀(かつらしじゃく)は「笑いとは緊張と緩和だ」と定義した。緊張を緩和させるのが笑いなのだから、笑いの前には緊張させなければならない。そのために枝雀は徹底的に落語を分析した。芸風とは正反対な、かなりロジカルな考え方の持ち主ということで、錦之助は談志同様に枝雀もリスペクトしていて、残されたＤＶＤやＣＤ、著書などを見たり読んだりしたものだった。

この「朝ご飯を食べていましたネタ」は落語界ではかなり使い込まれた古典的なものだったが、落語を知らない世代には新鮮にウケるものなのだろう。

以後、悪ガキたちも含めて、「なにを言ってもやっても錦之助を信じる形」になったような感じだった。

件(くだん)の赤い髪の女の子も、最前よりは顔をきちんと錦之助のほうに向けていた。

前半は立ったままの状態で「落語のガイダンス」的なものをしゃべることにし

た。

立川談志の定義した「落語は人間の業(ごう)の肯定(こうてい)である」をわかりやすく中学生にも届くような言い方にするにはどうすればいいだろう？　あのオトナでさえ手こずるような天才が言い切った言葉を、落語などまるで知らない子どもたちに届けるにはどうしたらいいのだろう？

ここに来るまでの電車の中でずっと考えていた。

「かいた恥に、どうやってケリをつけるか」「稽古が仕事」。錦之助は、中学時代の自分を思い出していた。

「あのころの自分に向かって語りかけるんだ。あのころの自分が聴いてわかるように」と。

脳内に昔の生意気(なまいき)だった自分が出現していた。

――あ、俺だ。俺がいた。二十年前の俺だ。ニキビに薬を塗りたくっていたあのころの俺だ。

そうだった。確か、移動の人形劇が来て館林(たてばやし)をいじった時、嬉しかったんだよな。よし、そうしよう――。

今日ここに来るまでの情報、そしてさきほど校長室で校長先生と交わした短い会話からネタを拾ってみた。

「ここの最寄りの川口駅、初めて降りましたけど、いいところですね！　中途半端で」と言うと先生方、そして後部にいた保護者、周辺の住民たちが手を叩いてウケている。

「田舎（いなか）みたいになにもないわけではなく、都会みたいに全部そろっているわけでもなく、このほどよいやる気なさ感！」

みんな大笑いしている。

「あとさ、ここの校長先生、いやあ朝志郎さんじゃなかったんですね、だってさ。見りゃわかるよな？　失礼だよなあ？」

校長先生は下を向いて頭を掻（か）いている。

悪ガキを始め、みんなが笑っている。彼らは、絶対的権力者たる校長先生をいじることによって、錦之助が自分らと仲間だという意識が芽生えるはずだ。

（校長先生、ごめんなさい）と錦之助は、心の中で詫（わ）びた。

あ、あの、赤い髪の子も笑っている。

（……あの赤い髪の子にも届きますように）

相手のため言葉を選びながら話す。「言葉は贈り物」なのかもしれない。

そして、ふと気がついた。

（……そっか、「業の肯定」とは、「人間はダメでいいんだよ」っていうことなのかも）

あとは、談志の論理の翻訳だった。

「今日落語、初めて聴く人、いますか？」

ほぼ全員が手を挙げた。

若い先生が恥ずかしげに一人だけ手を挙げた。

「五十嵐先生、正直ですね」

「あ、私は山崎です」

「失礼しました。どう見ても五十嵐っていう感じがしたんで」

なにを言っても誰もが笑う。こうなったら自由自在だ。

そして――錦之助は、ふと、気づいた。

（……そうだ、これが「青空落語」へのケリのつけ方だったんだ――）

落語家を、落語を否定しているとしか考えられないようなあの思い出したくもない時間と空間は、今日のこの日のためにあったんだ。

あの落語家否定のような仕打ちの中で、今日のやり取りを身に付けることができたんだ。俯瞰で見ようとしたり、実況中継ふうに切り抜けようとしたりしたことで、知らず知らずのうちに芸の力が蓄えられて、今日のようなこの場を制することができたんだ。

（あの「青空落語」は、今日出会う人たちのための伏線だったんだ。いま俺は、それらを回収しているんだ）

話しながらどんどん自らの体内に自信がみなぎってゆく感じがした。こんな感覚はいままで錦之助は味わったことなどなかった。

（……全開で、全力で、わかりやすく、行こう！）

錦之助は、改めて、全員と向き合った。いや、向き合ったというよりはむしろ睥睨しながらも、反対に「下から目線」で対峙する感覚か。全方位で対象物を捉え抜いたのだった。

「いいですか？　落語は、人間って、ダメでいいんだよって教えてくれています。『眠くなれば寝ちゃうんだよ』『ドジなことやっちゃうものなんだよ』って」

　中学生はときめいている。

「いままで、みんなはお父さんやお母さんや、そして学校の先生からも『ダメなまんまでいい』なんて教えてもらってこなかったでしょ？」

　子どもたちが頷く。いや、後ろの大人たちも、そして先生も何人かは頷いていた。完全同意の合図だ。

「……だからこれからお話しすることは、学校では絶対教えてくれないことなんです。ごめんなさい、先生方、若造がとても生意気なことを言います」

　錦之助は先生のいる方面に合掌して頭を下げた。

「学校で教えてくれないことこそ大事なんです。人間はダメなものだ。ダメでいいんだってことは、私の憧れの立川談志師匠の言葉です。談志師匠はこれを『人間の業の肯定』という難しい言葉で定義しました。『酒が人間をダメにするんじゃない。人間というのはもともとダメなものだということを酒は教えてくれるだけだ』というんです」

先生方やオトナたちから笑いが漏れる。

「……『ケーキが人間を太らせるんじゃない。人間の意志の弱さが人間を太らせるんだ』」

今度は女性全員が、納得したようなリアクションを取った。赤い髪の子も一層目力を強くさせている。

「……今日は二つの落語をしゃべります。一席目は『転失気』というお噺です。これは『誰でもついつい知ったかぶりしちゃうんだよ』という噺です。みんなの周りにもいますよね？　オトナの世界にもいるんですよ。こないだ年配の社長と飲んでいて、その人はいい人なんだけど、知ったかぶりをする人でね。『キングヌー』の話題になった時に、その社長ったら、『それ、最近流行っているらしいね、俺はまだ食べたことはないけど』って言ってましたっけ」

会場全体に笑いが響いた。

やはり爆笑するには体力だ。若いっていいなと、錦之助は思った。

（お前、なかなかやるじゃないか）と二十年前の自分の声が聞こえてきた気がした。

例の女の子の目線はこちらに定まったようだ。

「……もう一つは『金明竹』という落語です。これは与太郎（よたろう）さんというドジなことをしちゃう人が主人公です。みんなの周りにもいるよねえ。実は僕の周りにもいるんですよ、ほんと信じられないのが。みんな、スナップ写真って知ってるよね？」

中学生は半分は知っているという反応だったので錦之助は解説した。

「スナップ写真ってさ、スタジオなんかで撮影したんでない携帯かなんかで撮る普通の何気（なにげ）ない写真のことなのにね、入社試験の時に持ってこいって言われて、手首の写真を撮ってくるようなドジな人がいたんだよ」

「スナップ」という言葉に一際（ひときわ）反応したのは恐らく野球部の子だろう。

「君、野球部？」

「はい」

「いくら知らなくても手首の写真をスナップ写真だなんて思わないってことぐらいわかるよね」

「はい！」

「でさ、そんな信じられない間違いをした人って、なんと東大出てるんだよ」

錦之助は心の中で佐野に手を合わせた。

「だからなにが言いたいかっていうと、東大出たってそういう人もいるんだってこと。いや、もっと言うと、そんなドジな人でもきちんと働いていけるのが君たちがこれから飛び出してゆく社会だっていうことです」

中学生はますます錦之助に集中してゆく。

「……で、断っておきますが、落語は、一人の人間しか高座に出てきません。僕一人で何人も演じます。だから、聴いているみなさんは、『あ、いま小僧さんが出てきてしゃべっているな』『いま与太郎さんの出番だな』と、想像してみてください。この想像こそが落語の一番の楽しさなんです」

それでは、落語を始めます。と錦之助は、一旦舞台袖に下がった。

直前に打ち合わせした通りに放送委員の子が出囃子CDを流す。拍手に迎えられて先生方が作ってくれたであろう即席高座に着座する。

「転失気」が始まった。

この落語は――和尚さんが腹の具合が悪くなり、かかりつけのお医者さんがやってきて触診する。医者は、和尚に向かって「転失気」はあるかと尋ねる。日頃から負け惜しみが強く、知ったかぶりばかりしている和尚は「転失気は、いまのところございません」と言う。医者は「ないなら結構。明日また来ます。のちほど薬をこしらえておきますので、あとで小僧の珍念さんを使いに寄越してください」と言って去ってゆく。

「転失気」がなんだかわからない和尚は、小僧さんに「転失気がなんであるのか、お前が調べてきなさい」と言う。珍念が調べに行くとおとなたちはみんな知らないということを隠して、豆腐屋などは、「転失気は、味噌汁に入れて食べてしまった」などと言う。珍念が医者のところに薬をとりに行き、「転失気」は「おなら」を意味する中国の『傷寒論』という医学書からの用語だと説明を受けてやっと謎が解ける。

が、ここで和尚を少し困らせようと珍念が「転失気とは、盃のことです」とウソを教えてしまうことで行き違いが起きる。

何人かの生徒はこの噺を知っているような感触を、錦之助は受けたのだが、これがまた落語の不思議な魅力で、ネタバレしていればしているほど笑いが増幅するのであった。

――翌日、医者が和尚のもとを訪れ、具合を尋ねる場面になると、畳(たた)みかけるかのように笑いが起きてゆく。つまり、医者は「転失気＝おなら」、和尚は「転失気＝盃」とそれぞれ認識がすれ違っているところから、会話がチグハグになってゆくのだ。

「昨日は、先生、失礼しました」

「どうですか」

「いや、転失気はないと申し上げましたが本当はありました」

「あ、そうでしたか。あればあったにこしたことはない」

「で、先生」

「なんですか」

「今日は先生に、私の転失気をお見せしたいのです」

「いや、見なくてもいい」

「先生、遠慮しないでください！」

「いや、遠慮しますよ！」

「箱に入っています」

「は、箱に？」

「おい、珍念、転失気の入った箱をこっちへ持ってきなさい」

悪ガキ連中はゲラゲラ笑っている。彼らの笑い声が導火線となっている感じで錦之助も非常に乗っていった。

「……ついつい、お酒も飲みすぎますと周りからブーブー言われます」

オリジナルのオチを言い終えて、後方を見やると、赤い髪の子も微笑んでいるような気がした。

一席目で反応がいいと、それ自体が準備運動的に客席がほぐれて二席目もやりやすくなる。これは落語の特徴でもあった。だから前座さんが座を温めてくれていると会全体が盛り上がるのはそんなことでもあった。

次の落語の「金明竹」への導入もスムーズだった。

「転失気」で落語デビューした格好の子たちにしてみれば、今度はなんだろうと、期待を込めて前のめりになってゆく。

そして、「この先、どうなるのかな」というワクワク感がどんどん増幅してゆく。これが落語を聴く醍醐味なのだ。

（談志師匠、聞こえていますか、やはり、落語って素晴らしいんですよ！）

草葉の陰で談志が聞いたら喜ぶはずのセリフを錦之助は心の中で唱えた。

――見ず知らずの人に与太郎が大事な傘をやってしまったのを咎めた旦那が、

「今度誰かが来たら、うちにも貸し傘がありましたが、先日来の長雨で骨は骨、紙は紙でボロボロになり傘屋に預けてありますのでいま手元にありません、と断れ。そういうふうに断れば失礼じゃない」と伝える。

すると、向かいの商家の番頭が来て、「ネズミが出て困るので、この近所でもネズミを捕るのが上手いと評判のお宅の猫を借りたい」と言う。

与太郎は、旦那の受け売りを傘を猫に置き換えてそのまんま伝える。

「うちにも貸し猫がありましたが、先日来の長雨で骨は骨、皮は皮でボロボロでいま猫屋に預けています」

どんどん笑いは増してゆく。

――与太郎から話を聞いた旦那が呆れながらも言う。

「それは傘の断り方だ。猫を断るのなら、いまうちの猫はサカリがついていて、あちらこちらうろつきまわっていて大変です。マタタビを飲ませて二階で寝かしていますのでお役に立ちませんと、言え」と更なる指示を出す。

そんなところへやってきたのが、旦那とは商売上の取引のある男で、旦那さんいますかと尋ねると、

「うちの旦那はいまサカリがついていて、あちらこちらうろつきまわっていて大変です。マタタビを飲ませて二階で寝かしつけています」とやったもんだから、その男は笑いをこらえて去ってゆく——。

聴衆側に期待感がみなぎる時に勝るより落語がウケる環境はほかにない。過去にもなかったほどの手ごたえを錦之助は感じていた。

落語の魅力は、ずばりマンネリのおかしさだろう。

「今回、そうなったということは、次回もきっと同じような流れになるだろう」

という安心感がさらに笑いを引き起こす形だ。

錦之助と客席が一つになってゆく。

——そのあと、「金明竹」はやたらと早口の関西弁の商人が出てくる。

「わてなあ、中橋の加賀屋佐吉のところから参じましたん。先途仲買いの弥一が

取り次ぎました道具七品のうち、祐乗、光乗、宗乗、三作のみところもん、ならびに備前長船の則光、横谷宗珉、小柄付きの脇差……」

などと、早口でまくし立てる箇所になると、笑いから一転、「おお、すげえ」「なにあれ」と、感嘆のため息になってゆく。

「笑いと話芸のすごさ」の二つを同時に訴求できるとあって、「金明竹」を、錦之助は結構頻繁にかけていた。その後、与太郎のみならずその家の内儀さんまで翻弄される噺になってゆく……。前半の仕込みの部分での「古池や蛙飛び込む水の音」という伏線がきっちりオチで回収される形のかっこうのネタだ。

――「いいえ、蛙（買わず）でございます」という古典のオチが決まると、多感な中学生たちからは口笛混じりの割れんばかりの拍手さえ起こる大団円となった。

落語初体験の中学生は、この二席だけで完全に落語の虜になったかもとさえ思った。

かつて自分が大学時代に談志の「らくだ」に触れたあの感動の何百分の一ぐらいは伝えられたかなと思ってみる。

そして、「小学校や中学校で落語をやる時には、絶対ウケさせなければならない。そうしないと彼らは二度と落語を聴かなくなる。落語家がつまらないのではなく、落語自体がつまらないと誤解しちまうんだよ」と、ある先輩落語家から言われたセリフを思い出した。つまり、ウケさせないと業界全体に迷惑をかけることになるのだ。

鳴りやまぬ拍手ののち、質問コーナーへと移った。

悪ガキたちも、赤い髪の子たちも、普通の中学生にしか、もはや見えなくなっていた。

「なにか質問はありますか？」

高座からハンドマイクを外して立ち上がって聞いた。

「はい！」

悪ガキグループののっぽ、茶髪で短い学生服姿の子が手を挙げた。

先生たちは臨戦態勢に入る。なにかあったら注意しようという姿勢だ。

「あ、君、学年と名前言って」

「三年の、堀田圭です」

「は？　三年間、ほっとけ？」

爆笑（ばくしょう）になった。

「ほっといちゃいけないよ、名前？　ゆっくり言って」

「ほったけいです」

「は、ホットケーキ？　食いたいの？」

ますますボルテージが上がった。

「ごめんごめん、堀田くんね。なに聞きたいの？」

「今日のギャラいくらですか？」

「そこかよ！」

堀田の周辺からヤジと笑い声が漏れる。

「……いや、俺も聞いていないんだよ、それ」

先生方も申し訳なさそうに笑った。

「君の小遣いよりは多いと思うよ」

「……わかりました」

「わかったのかよ！」

突っ込みで笑わせるようにすると彼らはどんどん懐いてきた。

今度は、真ん中の頭の良さそうな眼鏡の男子だ。

「学年と、名前は？」

眼鏡男子は早口に答えた。

「二年の、神澤一郎です」

「なに、二年の、カルピスサワー、一丁？」

大爆笑になった。

「居酒屋かい？　ゆっくり言ってよ？」

錦之助が笑いながら答えると、神澤も安心したかのようにゆっくり言った。

「かみさわ、いちろうです」

「え？　軽井沢、行っちゃおうクン？」

ますます笑いがかぶさってゆく。

「ごめん、ごめん。神澤一郎くんな。なにかな質問って？」

「どうして、落語家になろうと思ったのですか？」

会場全体にほっとした空気が流れた。

「……いい質問だよな、聞いたかよ、堀田くん？」

「……はい？」

「な、みんなこういう質問しろよ。みんなが聞きたそうなやつ」

錦之助は改めて、中学生全体に語りかけるような姿勢を取った。

「大学時代に、立川談志という名人の落語に触れてしまったのです。もう、出会っちゃったとしか言いようがありませんでした。『いままで悩んできたことはここに答えがあったのかな』というぐらいの衝撃でした。立川談志という人は、落語も定義しましたし、いろんなことを面白く定義しました。笑ったのが『新聞で正しいのは日付だけだ』ということでした」

会場がまたどよめいた。

「……『究極の環境保護は人類滅亡だ』ともいいました」

尾を引くような笑いが続く。

「……つまり、落語という、笑いを通じていろいろな面白いことが言えるなあとその先が予感できたからです。大学一年の時でした。十八歳です。

そしてふと振り向くと、そこには、中学生時代の、君らと同じ自分がいました。

昔の自分です。昔の自分は、確かに笑っていました。ここです。職業に、上下があるとは思えません。弁護士が上で、落語家が下というのは絶対あり得ません。いい弁護士がいたり、ダメな落語家がいたり、ダメな弁護士がいたり。素晴らしい落語家がいたりするだけです。そのジャンルの中で優劣があるだけです」

中学生は聞き入っている。

「自分も三十五歳、君らのご両親よりは若干若いというレベルの存在です。まだまだこれからです。偉そうなことは言いたくありません。ただ一つ。大人になって職を決める時、昔の自分が喜んでいるかどうかだけ、心に訊いて確かめてみてください。基準はそこにしかありません。周囲のオトナや友達ではなく、昔の自分が、中学生時代の自分が祝福してくれているかどうか。それだけしかないと思います」

錦之助の背後には、中学生時代の自分がいた。錦之助はしゃべりながら、その存在を勿論意識していた。彼が微笑みかけていることも承知していた。

「……今日はみなさんに、僕は、ある意味、時限爆弾を仕掛けにきたみたいな格好です。いつか、みなさんが大きくなった時、この爆弾は破裂します。その時、思い出してみてください。『ああ、そういえば、十年前、売れっ子の落語家さんの代わりに、まだ売れていない落語家さんが、なんか言っていたっけ。昔の自分を意識しろって』と。その時、昔の自分がいまの自分を見て喜んでいるかどうか。成功とか失敗ではなく、そこに値打ちを置いてみてはいかがでしょうか」

会場が水を打ったように静まり返っている。

「きっとこの先、みなさんには、いろんなことがあるはずです。でも、どんなことがあっても、みなさんは一人ではありません。もう一人の昔の自分が後ろにいます。怖(こわ)いことなんてまったくありません。一言でまとめて言います。大丈夫です！　花は必ず咲きます。そしていずれ実にもなります」

最後は自分に言い聞かせた。「素敵な未来がみなさんにやってきますように。ご清聴(せいちょう)、ありがとうございました」

錦之助が深々と頭を下げると、夥(おびただ)しい拍手が沸き起こった。

校長は目頭(めがしら)を押さえている。

ステージから降り、今日の好感触から嬉しい手ごたえを覚えていると、生徒会長の元気な挨拶が始まった。

「立川朝志郎さんの素晴らしい落語でした」

「錦之助だよ！」

また笑いが起こった。

「生徒会から、感謝を込めまして花束を贈らせていただきます」

そのあと、丸い眼鏡をかけた小さな子と、ロングヘアの背の高い子二人の生徒会役員が花束を携えてやってきた。

背の高いほうには「岸根」、背の小さいほうには「湯本」とそれぞれ名札が胸についている。

「楽しい落語をありがとうございました」

岸根と湯本が声を合わせて言った。

マイクを取り、「本日はありがとうございました！　花束までいただけるとは。次回は札束をいただけるように頑張ります！　以上、立川朝志郎でした」

「違うよ！」

生徒からの突っ込みが入ると、錦之助は舌を出す。

笑いと拍手が同時に沸き起こった。

労をねぎらうためなのか、校長室には似つかわしくないショートケーキとコーヒーが置かれていた。

もろもろ申し訳なかったとでも思ったのか、校長先生が指示でも出して慌ててポケットマネーで落語の間に買いに行かせた感が満載だったが、嬉しい心遣いだと錦之助は素直に思った。

校長と女性教頭も笑みを浮かべている。

「いやあ、ほんと数々の失礼でしたね」

校長が恐縮している。

「いえいえ、いじらせていただいたおかげで盛り上がりました。こちらこそ大変失礼いたしました」

「でも、ほんと、信じられないくらい楽しかったです」

教頭も感激していた様子で幾分顔を紅潮させながら言った。

「まさか、ゆかりさんが来るとはね」

「ゆかりさん」というのは件の赤い髪の子のようだった。

「立ち入ったことを聞きますけど、どんな子なんですか？」

「お母さんと二人暮らしだったんですけど、お母さんが再婚してね。で、新しいお父さんとソリが合わないみたいで……」

「いや、素直ないい子なんですよ、本当は」

その先の言葉がなかったので錦之助は黙ってケーキのイチゴをほお張った。

「失礼します！」

ノックの音と、変声期特有の声がした。

教頭が返事をして迎えに行く。

戸が開き、堀田圭が顔を出す。

「あら、堀田君」

「あの、錦之助さん、いますか？」

「はいよ」

錦之助は手で応対し、イチゴを飲み込んだ。

「あ、あの、落語ヤバかったっす。それだけです」

「おう、ありがとな」

「あの、立川ナントカより、売れちゃってくださいね。それだけです」

グーパンチを突き出して、去っていった。

「気を付けて帰るのよ。遊んでいないでね」

教頭が声をかける。

「いい子ですね」

「……大変なんですよ、あの子も。病気がちな父親と二人暮らしで。ああ見えてご飯の支度は全部、あの子がやってるんです」

「……」

錦之助は黙ってコーヒーを一口、飲んだ。

「へえ、あなたが爆笑を取るなんて信じられないなあ」

文子は優をおんぶしながら駿を寝かしつけている。

あの日から一週間が経っていた。

「失礼だな。同じこと何度も言わせるなよ。爆笑取ったから、駿にこんなに値の張る積み木を送ってくれたんだよ」

「それもそうね。キュボロのよ。アマゾンで手が出なかったもの、これ。校長先生ってお金持ちなのかな」

キュボロはスイスの高級玩具メーカーとして、その名を近年轟かせていた。あの天才との呼び声の高い超有名なプロ少年棋士が幼少期にこの玩具だけで遊んでいたという評判が評判を呼び、話題が沸騰している。また著名な教育評論家も「論理的思考になる」と太鼓判を押していた。そのせいか、祖父母世代が、「ぜひ孫に贈りたい」という流れになり、品薄状態が恒常化していて、なかなか入手が難しくなっている。とても錦之助の稼ぎでは手が届かない高嶺の花でもあった。

子どもは正直で、値段などまるでわからなくても、そのすごさに早くも駿は寝るのを忘れ虜になっている。錦之助にしてみればただ普通の積み木に、普通にビー玉を仕掛けて遊ぶだけのものにしか見えなかったが、そのただものではない面白さに、もう駿は、声も出さずに無心に取り組んでいる。

「でもさ、その分、ギャラにしてくれたほうがなあ」

錦之助が自棄気味につぶやくと、珍しく文子も同意しかけた。

駿がなにやら箱の奥から封筒を取り出した。

「……これ、これ」

「説明書かな？　なんだろ」

「あ……ご祝儀だ！」

錦之助、そして文子の目が輝いた。

「粋なことをする校長先生だな、積み木の箱の中にご祝儀だなんて」

そそくさと開けてみたのだが手紙しか入っていなかったので、錦之助はそのまま文子に渡した。

「なんだ、ただのお礼状っぽいや」

「あなたってほんと現金な人」

「お前だって一瞬ときめいたじゃないか」

「ダメよ、こういうのきちんと読まなくちゃ」

「あとで読むよ」

文子は、おもむろに中から取り出した手紙を読み始めた。

「駿、パパとおうち作ろう」

錦之助は、箱に添えられていた説明書を見やって言った。

「うん！」

「……ねえ、あなた、これ」

先ほどとはうってかわった表情になった文子は錦之助に手紙を渡そうとする。

「いや、待ってくれ、こっちはこっちで忙しいんだ。ところで、ご祝儀入っていた？」

錦之助は文子の言葉に幾分違和感を覚えながら言った。

「ご祝儀以上の内容……落語ってすごいのね、やっぱり。その先、もう読めない……。わたし落語に妬いちゃうかも。さ、ご飯の支度しなくちゃ」

興奮気味にキッチンのほうへ向かっていった。

少しのがっかり感を伴わせつつ、錦之助は手紙を手にした。

拝啓、お会いしたことのないお方に手紙を書くのは初めてです。いきなりのご無礼お許しください。どうしてもお礼がしたくなり校長先生を通じてこの積み木とともにお送りさせていただきます。

ていねいな直筆(じきひつ)だった。真面目に生きている姿が、文面と字面(じづら)に明らかに反映されている。読んでいるだけで、書いた人に好感すら持ちたくなる心地がした。差出人は「木下亭(きのしたとおる)」と記されていた。木下は、ゆかりの新しい父親とのことだった。

講演会の夜、私が遅くに帰宅し、一人ダイニングで酒を飲んでいたら、ゆかりが入ってきました。またぶっきらぼうに小遣いと言い出すのかと思って私は仕事帰りの疲れもあり、やや身構えていました。が、「ちょっと話がしたい」と切り出してきました。

その夜、初めて娘とゆっくり話すことができたのです。ゆかりが「今日、学校で聴いた落語がとても面白かった」といきなり言ってきました。

いくぶん戸惑う私に向かって、「知ったかぶりの人を笑う話のあらすじ」をとても楽しそうに語ってくれたのです。「でもね、落語って優しいんだよ。そんな知ったかぶりなんかしちゃう人でも絶対責めたりしないんだよ」と初めて私に笑顔を見せてくれたのです。娘の笑顔は、妻にそっくりでした。うがった見方ですが、もしかしたら私は忙しさにかまけて、また一人で興した会社を経営しているという自負のあまり、娘に対してもついつい知ったかぶって偉そうにふるまっていたのかもしれません。娘を「言うことを聞くべき存在」というふうに知らず知らずのうちに見ていたのかもしれません。それが積み重なっていたとしたら、もしかしたら、悪いのはすねている娘ではなく、弱みを見せないで走り続けてきた私だったのかもしれないなと、ふと思わせていただくことができました。ゆかりはそんな私にまるで「無理しないでね」って言ってくれているようにすら感じました。「転失気」、肝に銘じます（笑）。

　そして二席目の「金明竹」という噺の主人公の与太郎についてもニコニコしながらストーリーを聞かせてくれました。「馬鹿なことをする与太郎さんが面白いというより、与太郎さんみたいにダメなことをしでかしてしまう人でもきちんと居場所を与えて包んでくれている落語の世界がステキ」とまで、目を輝かせて伝えてくれました。

主人公ではなく、そのドジな主人公の存在を許しているコミュニティを思いやるゆかりの優しさが伝わって、笑える話のはずなのに私はなぜか涙が止まらなくなりました。私は、これまでダメなやつはダメだ、努力しないやつは最低だとばかりに、周囲にキツく当たってきたのかもしれないと、来し方行く末を反省した次第です。

そんなふうに見方を変えるきっかけを、聴いたことのない落語から、会ったことのない錦之助さんから、いただくことができました……。

錦之助は目をこすり上げて、つづきを読んだ。

続きは——あまりに嬉しくなったこのお父さんは、錦之助が小さな子を二人育てていることを知り、矢も楯もたまらず取引先である玩具メーカーから件の積み木を取り寄せて校長先生に渡した……という内容だった。

そして、最後は、「お父さん、私、もしかしたらいままで素直じゃなくて反発していたかも。ごめんなさい」と言う娘に「お父さんこそ頭ごなしだったかもな、ごめん」とお互い謝り合い、ふと気がつくと自然と「お父さん」と呼ばれていた……という微笑ましいエピソードで締めくくられていた。

涙をこぼすまいと上を向く錦之助の顔を文子は優しく覗き込んだ。

「ねえ、これって、最高のオチよね。落語って誰をも素直にさせちゃうのかもね」

「……いや、この親子は遅かれ早かれ打ち解けたはずだよ」

「なにそれ、妙な強がり」

「俺の落語なんかただのキッカケにすぎないよ」

「でも、そんなキッカケを作っちゃうんだもん、あなた、すごいじゃない！」

「そうかな」

積み木をやり続けていた駿が、泣き合いながらやり取りする二人を見て、心配そうな顔色を浮かべた。

「……パパとママ、ないてるの？　かなしいの？」

「駿、オトナになると嬉しい時にも泣いちゃうんだよ」

「……？」

「ねえ、あなた、今度さ、校長先生に住所聞いて、このお父さんと娘さんに、独演会のお知らせ送ったら？」

「おう、西木野親方にもな。親方からいい言葉もらったんだ。『かいた恥に、どうケリをつけるか』『稽古が仕事』」

「いい言葉ね。ねえ」

文子は言葉を選ぶように語り出した。

「あなたのお仕事ってすごいなあ。いろんな人たちからパワーをもらうだけではなく、いろんな人たちにパワーを与えるんだもん」

「世の中、お互い様なのさ。落語ってさ、もともと『お互いダメな人間同士、一緒につまずきながら仲良くやろう』っていうメッセージをさりげなく、ずっと言い続けてきたんだろうね」

ふと駿を見ると、ほぼほぼ積み木が完成形へと近づいてゆく。

「すげえ、黙っていて、一人であそこまでやっちゃった」

「子育てもさあ、この木下さんみたいに、親が成長するためのミッションかもしれないね」

「ああ」

錦之助、文子が駿を温かく見守る。

「でも、そんな素敵なお父さんと、感性豊かな娘さんに会いたいな。あなたのお付き合いというかチャンスが広がるかもよ。だって、こんな高い積み木を送ってくれるような人なんだもの……」

ちゃっかりと文子が微笑む。

「そこかよ！」

と、錦之助は強めのツッコミを文子の肩に入れると、背中で寝ていた優が「もう、せっかくいい気持ちで寝ていたのに！　起こさないでよ！」とでも言いたげに驚いて泣き出した。

著者紹介

立川談慶（たてかわ　だんけい）

1965年、長野県上田市生まれ。慶應義塾大学経済学部卒業。ワコールに入社。３年間のサラリーマン生活を経て、91年、立川談志の十八番目の弟子として入門。前座名は「立川ワコール」。通常４～５年とされる前座修業を９年半経験するという、異例の長い期間を経て、2000年、二つ目昇進を機に立川談志に「立川談慶」と命名される。05年、真打に昇進。

著書に、『大事なことはすべて立川談志に教わった』（KKベストセラーズ）、『いつも同じお題なのに、なぜ落語家の話は面白いのか』（大和書房）、『「めんどうくさい人」の接し方、かわし方』（PHP文庫）、『なぜ与太郎は頭のいい人よりうまくいくのか』（日本実業出版社）、『ビジネスエリートがなぜか身につけている　教養としての落語』（サンマーク出版）など。

本文中に、現在は不適切と思われるような落語の表現がありますが、差別的な意図があって使われたものではないため、そのまま用いたことをお断りさせていただきます。

この物語はフィクションです。

本書は、『PHP増刊号』に連載された「花は咲けども 噺せども」（2020年11月号、2021年1月号、3月号、4月号、5月号）に大幅な加筆を行ったものです。

PHP文芸文庫　花は咲けども噺せども
神様がくれた高座

2021年5月25日　第1版第1刷

著　者　立川談慶
発行者　後藤淳一
発行所　株式会社PHP研究所
東京本部　〒135-8137 江東区豊洲5-6-52
第三制作部　☎03-3520-9620(編集)
普及部　☎03-3520-9630(販売)
京都本部　〒601-8411 京都市南区西九条北ノ内町11
PHP INTERFACE　https://www.php.co.jp/
組　版　有限会社エヴリ・シンク
印刷所　株式会社光邦
製本所　株式会社大進堂

©Dankei Tatekawa 2021 Printed in Japan
ISBN978-4-569-90124-4
※本書の無断複製(コピー・スキャン・デジタル化等)は著作権法で認められた場合を除き、禁じられています。また、本書を代行業者等に依頼してスキャンやデジタル化することは、いかなる場合でも認められておりません。
※落丁・乱丁本の場合は弊社制作管理部(☎03-3520-9626)へご連絡下さい。送料弊社負担にてお取り替えいたします。
JASRAC 出 2103485-101

PHP文庫

人生を味わう　古典落語の名文句

立川談慶　著

古典落語の名台詞を軸に、噺のあらすじや時代背景、人生に活かす教訓までを解説。現代に置き換えた捉え方や新しい解釈は必読。

PHP文庫

「めんどうくさい人」の接し方、かわし方

師匠談志と古典落語が教えてくれた

立川談慶 著

師匠談志に「便利なやつ」と言わしめた著者が語る、前座時代から磨き上げた人間関係力・対応力に学べ！　心やさしい人のための意識革命。

PHP文庫

滑稽・人情・艶笑・怪談……

古典落語100席

立川志の輔 選・監修／PHP研究所 編

夫婦愛、親子愛、隣近所の心のふれ合い。人気落語家の立川志の輔が庶民が織りなす笑いのドラマ100を厳選。古典落語入門の決定版。

PHP文庫

志らくの言いたい放題

立川志らく 著

落語協会から脱退して生まれた立川流の家元・談志と弟子たち。その奇妙で独特な世界を、談志イズムを継承した志らくが軽妙に語る。

PHP文庫

超入門！江戸を楽しむ古典落語

畠山健二 著

春の花見、夏祭り、江戸っ子の遊びや、当時の旅の様子、冠婚葬祭、茶の湯……落語から風情ある日本の暮らしが見えてくる！

PHP文芸文庫

本所おけら長屋(一)〜(十六)

畠山健二 著

江戸は本所深川を舞台に繰り広げられる、笑いあり、涙ありの人情時代小説。古典落語テイストで人情の機微を描いた大人気シリーズ。

PHP文芸文庫

ナマコもいつか月を見る

椎名 誠 著

北の大地で風になり、南の海でサメになる。好奇心いっぱいのシーナさんは、今日も地球を東奔西走中！ 幻のエッセイ集、待望の文庫化。

PHP文芸文庫

婚活食堂（1）〜（5）

山口恵以子　著

名物おでんと絶品料理が並ぶ「めぐみ食堂」には、様々な恋の悩みを抱えた客が訪れて……。心もお腹も満たされるハートフルシリーズ。

PHPの「小説・エッセイ」月刊文庫

『文蔵』

年10回(月の中旬)発売　文庫判並製(書籍扱い)　全国書店にて発売中

◆ミステリ、時代小説、恋愛小説、経済小説等、幅広いジャンルの小説やエッセイを通じて、人間を楽しみ、味わい、考える。
◆文庫判なので、携帯しやすく、短時間で「感動・発見・楽しみ」に出会える。
◆読む人の新たな著者・本と出会う「かけはし」となるべく、話題の著者へのインタビュー、話題作の読書ガイドといった特集企画も充実！

詳しくは、PHP研究所ホームページの「文蔵」コーナー(https://www.php.co.jp/bunzo/)をご覧ください。

文蔵とは……文庫は、和語で「ふみくら」とよまれ、書物を納めておく蔵を意味しました。文の蔵、それを音読みにして「ぶんぞう」。様々な個性あふれる「文」が詰まった媒体でありたいとの願いを込めています。